JN306738

口入屋用心棒

赤富士の空

鈴木英治

双葉文庫

目次

赤富士の空

口入屋用心棒

第一章

一

なんのにおいだろう。

樺山富士太郎《かばやまふじたろう》はぼんやりと思った。

妙にくさい。

鼻のあたりにくすぐったいものが押し当てられてもいる。生あたたかい吐息らしいものがまじる。

はっと富士太郎は目を覚ました。

あいたたた。

顔をしかめた。頭がひどく痛い。

こいつは、と思った。ふつか酔いの痛みだね。昨日、そんなに飲んだかなあ。

うつぶせたまま、富士太郎は考えた。頭が鼓動に合わせて、ずきずきしている。

あれ。

思いだそうとしても、昨夜の覚えがまるでない。

ということは、相当飲んだのはまちがいないのだ。

不意に、そばでうなり声がきこえた。顔をあげてみたが、まだ夜は明けていないのか、暗い。

いったいなんなんだい。

じっと見ていると、顔の前に毛むくじゃらのものがいるのがわかった。白い顔のなかに赤黒い口がうっすらと見えている。

うなり声とともに、生ぐさい息が吐きかけられた。牙をむいている。

うわっ、いったいどこから入りこんだんだい。

姿勢を低くした犬は、今にも富士太郎の顔に跳びかかろうとしている。いや、狙いは鼻のようだ。

「やめとくれよ」

富士太郎はあわてて立ちあがった。ふらついたために、頭の痛みが増す。

「あいたたた」

両手でこめかみを押さえた。そこへ犬が跳びかかろうとする。

「やめな。出ていきなよ、はやく」

手を振って、追い払う。

犬は跳びすさったものの、富士太郎のそばを離れようとしない。

妙なくささはこの犬から放たれているようだが、それだけでない金気《かなけ》くささがあるのに富士太郎は気づいた。

商売柄、嗅ぎ慣れたにおいだ。

いったい、どこからこのにおいがやってきているのか。

おかしいな。おいらの部屋でするなんて。

「あれ」

見まわして、声が出た。

今さら気づくなどどうかしているが、自分の部屋ではなかった。どこかの小屋のようだ。

百姓が農具をしまっておくような類の小屋に思える。

実際に鋤《すき》や鍬《くわ》が置かれ、ざるのような物が壁にかけられている。

四畳半ほどの広さがあり、ならされた土がむきだしになっている。

富士太郎はこの土の上にうつぶせに寝ていたのだ。

どうしてこんなところにおいらはいるんだろう。

これは夢かと思ったが、頭の痛みは紛れもなくうつつのものだ。それに、酒臭い息が絶えず出ている。

昨日、おいらはなにをしたんだっけ。飲みに行ったんだっけな。

再び思いだそうとしたが、犬がこちらを見てくれよといわんばかりに一声鳴き、富士太郎の思案を断ち切った。

「もう、邪魔するんじゃないよ」

犬は富士太郎の思いなどお構いなしに、今度は吠えた。

「おや、おまえ、意外にかわいらしい声をしてるじゃないか」

よく見ると、まだ子犬のようだ。柴犬らしいが、耳に丸さを残している。

「なんだい、こんなに小さかったのかい。驚かさないでおくれよ」

頭の痛みをこらえ、富士太郎は手をのばして抱きあげようとした。犬はおびえたようにあとずさりする。

「なんだい、なにもしないよ」

　富士太郎は腰をかがめ、犬をじっと見た。

「おや、おまえ、怪我をしているのかい」

犬の口の下に赤いものがついており、それが血に見えたのだ。

「このせいでくさかったのかねえ。犬の血ってのは見たことないけど、やっぱり赤いんだろうね。どれ、見せてごらんよ」

犬は、富士太郎の手を逃れるように右側にまわりこんだ。

その動きを追いかけた富士太郎はよろめいた。

「あいた」

なににつまずいたのか、富士太郎は確かめようとした。

喉の奥から引きつるような声が出る。

「なんだい、これは」

若い男が仰向けに倒れていた。体の脇に血だまりができている。

無念そうに目を見ひらいていた。天井を見ているようだが、視線は空まで突き抜けているようにも見える。

「なんだい、これは」

同じ言葉をもう一度発した。死骸の顔をよく見る。

見覚えがあった。

この男は……。

土間に匕首《あいくち》が落ちていた。刃にべったりと血がついている。

「こいつで刺されたのかい」

あいている窓から太陽の光が入ってきて、小屋のなかが龕灯《がんどう》を十ばかり灯《とも》した
ように明るくなった。

「あっ」

富士太郎は、自分の手のひらが赤く染まっていることにはじめて気づいた。

「なんだい、これは」

富士太郎はまじまじと見た。

「これじゃあ、まるでおいらが刺したみたいじゃないか」

いや、待てよ。

富士太郎は考えた。果たして本当にちがうといいきれるのか。なにしろ昨夜の
覚えがまったくないのだ。

ちがうに決まってるだろ。おいらに人殺しができるわけ、ないじゃないか。

すぐに打ち消したが、だがそれでも、という思いは残る。

これでも侍の端くれなのだ。南町奉行所の定廻り同心として刃引きの長脇差を腰に差しているといっても、人を斬る覚悟がなかったわけではない。いざとなれば、との気持ちは確かにあった。

あれ。

長脇差がない。腰のあたりが頼りなく感じられるのはそのせいだ。

いったいどこにいっちまったんだろう。まずいなあ。叱られちまうよ。

いや、そんなことより、今は目の前の仏さんだよ。

「あれ」

今度は口から出た。黒羽織も着ていない。見たことのない、橙色《だいだいいろ》の派手な小袖を身にまとっている。

しかもそれには、返り血らしいおびただしい血がどす黒くついている。橙色につくと、こんなに目立つものだとは知らなかった。

いったいなんだい、これは。

わけがわからない。

はっとする。

まさか、そんなことまではないだろうね。

富士太郎はあわてて懐をさぐった。

――ない。十手がない。どうしよう。このままじゃあ、くびになっちまう。

この場をあとにして、すぐにでも捜しに行きたくなった。

だが定廻りとしてそんな真似はできない。

十手はあとまわしさ。今はこの仏さんのことさね。

富士太郎は踏みとどまった。

「本当においらが殺《や》ったんじゃないよね」

死骸に語りかけるようにつぶやいたが、自らにいいきかせてもいる。

富士太郎は土間の匕首を拾いあげてから、男の顔をじっくりと見た。

やはり若い。まだ二十歳《はたち》に達していないのではないか。

顔が白いのは、化粧らしいものをうっすらとしているからのようだ。

そうだよ、この男は最近、おいらにまとわりついていた男だよ。

名は確か……。

思いだせない。この男が名乗ったのをきき流すようにしたから、覚えていないのだ。

なんといったけね。

確か、陰間《かげま》みたいな男だったような気がする。

「シロ、シロ」

子供の声がきこえ、いきなり小屋の戸があいた。男の子が顔をのぞかせる。

「うわっ」

富士太郎と鉢合わせになり、男の子が腰を抜かしそうになる。

「驚かせてごめんよ」

富士太郎は謝ったが、男の子の目は富士太郎の手に向けられている。

匕首が握られている。

「ああ、こいつはおいらのじゃないから、心配いらないよ」

男の子の視線が死骸に当てられた。

「うわっ」

おびえた瞳が富士太郎を見つめる。

「心配いらないよ。おいらは——」

南町奉行所の定廻り同心だから、といったときには、人殺しと叫んで男の子が戸を飛びだしていった。

シロと呼ばれた犬も、男の子のあとを追いかけてゆく。

富士太郎は頬をふくらませた。

「冗談じゃないよ、まったく勘ちがいもはなはだしいねえ。でもこのなりじゃあ、仕方ないかね」

黒羽織を着ているのならともかく、派手な小袖なのだ。しかもいっぱいに血がついている。

「とにかく外に出なきゃいけないね。近くに番屋があるだろうからさ、はやいところ知らせないと」

富士太郎は小屋をあとにした。

「いったいどこなんだい、ここは」

田畑が広がり、緑の濃い林と百姓家が散見できる。

「町はどこだい」

富士太郎は付近を見まわした。太陽の方角から、北側に町屋が連なっているようだ。

「さっきの男の子もあの町の子かねえ」

富士太郎は、田畑のなかを貫く道を歩きだした。

西には大名屋敷らしい広壮な武家屋敷が建ち、南側は大きな寺と小禄の者たちと思える武家屋敷の群れが見えている。

半町も行かないとき、道をこちらに駆けてくる一団があった。全部で十名ほどだろうか。

先頭にあの男の子らしい姿が見えた。うしろについているのは、町役人《ちょうやくにん》かもしれない。

小者らしい男たちが、刺股《さすまた》や袖搦《そでがら》みらしいものまで持ってきているのが眺められた。

「へえ、ずいぶんと用意のいいことだね」

男たちが間近まで来て、立ちどまる。

「ご苦労だね」

富士太郎は鷹揚《おうよう》に声をかけた。

「この男かい」

町役人らしい、頭が白く恰幅のよい男が男の子にきく。

「そうだよ」

男の子がきっぱりと答える。富士太郎をにらみつけている。

富士太郎は誤解されていることに、ようやく思いが至った。

「やめとくれよ、あの男はおいらが殺したわけじゃないよ。それにおいらは南町奉行所同心――」

すべてをいい終える前に、町役人が富士太郎に告げた。

「おとなしく縛《ばく》につけば、手荒な真似はしない」

「いや、待っとくれよ。おいらは定廻りだよ」

「なに、寝言をいっているんだ」

町役人が目を鋭くする。

「素直にこのお縄を受けな」

「だからおいらは町方だって。名は樺山富士太郎だよ」

「仮に町方役人だろうと、人を殺したことに変わりはない。その匕首はなんだ」

富士太郎は手にしている匕首に目を落とした。

「もちろん証拠だよ」

町役人を見つめる。

「なんなら、おまえさんに渡してもいいよ」

富士太郎は匕首を前に差しだした。

「あらがう気か」

町役人が叫び、小者たちを振り返った。

「引っとらえろ」

小者たちが取り囲み、刺股や袖搦みをいっせいに突きだしてきた。

「なにするんだい」

富士太郎は振り払おうとしたが、刺股と袖搦みによって体の自由が一気にきかなくなった。

小者たちが富士太郎の上に乗りかかってくる。腕を取られ、地面にねじ伏せられた。

「苦しい、やめとくれよ」

必死にいい募ったが、まったく効《き》き目はなかった。すぐに土が口のなかに入ってきて、言葉も形にならなくなった。

縄でがんじがらめにされる。

「よくやった。見事なものだ。よし、番屋に引っ立てるよ」

町役人のやや得意そうな声が響き渡る。

番屋か、と富士太郎はむしろほっとした。そこへは同僚の誰かが呼ばれるのだろう。

同僚なら、富士太郎にかけられた疑いを笑い飛ばしてくれるにちがいない。

二

いい天気になってよかったな。

しみじみ思い、湯瀬《ゆせ》直之進《なおのしん》は長屋の木戸越しに空を見あげた。

雲一つなく、やや白みがかった青が江戸の町をくまなく覆っている。もう春とはいえない時季だが、太陽には夏を覚えさせる迫力はいまだになく、どこか遠慮がちな光を地上に投げかけている。

大気は乾き、心地いい。これならいくら汗をかいても、気持ち悪さが残ることはあるまい。

遠くに富士が見える。青みがかった肌を見せているのがいかにも夏近しを思わせるが、雪はいくつかの筋となってまだ残っている。

なつかしさが心をひたす。故郷の沼里《ぬまざと》は駿河《するが》にあり、富士山を間近に見ることができるが、こうして遠くから眺めるのも悪くない、と直之進は感じた。遠くに見える富士も、なかなか風情がある。

しかし、こうしてじっと富士を眺めていても、故郷に帰りたいという気持ちにはあまりならない。沼里には父母や先祖の墓があり、それほどつき合いはなかったとはいえ、一族の者も住んでいる。

それなのに帰郷しようという気にならないのは、俺がよほど冷たくできているからだろうな。

「――おい、直之進。なにをぼんやりとしてるんだ」

背後から叱るような声がかかる。

直之進は振り返った。

「琢ノ介《たくのすけ》、知っていたか」

平川《ひらかわ》琢ノ介が路地を歩み寄ってくる。

「うん？　なにをだ」

「ここから富士の山が見えることだ」

「なに、まことか」

足をはやめた琢ノ介が直之進と肩を並べる。

「おっ、本当だ。ああ、きれいだなあ」

琢ノ介は、惚れたおなごでも見つめるような目で見とれている。

「冬に見える真っ白な富士の山もいいが、これから暑くなる頃に見るのも悪くないなあ。この時季、雲がかかることがあって滅多に見られんから、ありがたみがある」

琢ノ介が言葉を切る。

「なあ、直之進。わしたちは富士のお山を目の当たりにすると、どうして手を合わせたくなるのかな。そうしていると、とても心が落ち着くぞ」

「ふむ、どうしてかな。昔から富士は不死の山ともいわれて信仰されてきたそうだが、信仰心などかけらもなさそうな琢ノ介でもそう思うというのは、やはり富士には人智を越えた神秘さがあるということなんだろう」

琢ノ介が直之進をにらむ。

「わしに信仰心がないと思っているのか」

「なさそうに見えるといっているだけだ。あるのか」

「あるさ。いざというとき、神仏の加護を祈るのは人として当然だろう」

そいつはもっともだな、と直之進は思った。宿敵といえる倉田佐之助《くらたさのすけ》と戦ったとき、そしてこの前、打ち倒したばかりの土崎周蔵《つちざきしゅうぞう》との戦いでも、知らず神仏に祈っていたのは確かだ。

だが、神仏の加護というのは、ただ祈るばかりでは駄目だというのもわかっている。人が見ていないところで努力し、鍛錬を積み重ねた者だけに神や仏はほほえんでくれる。人というのは、陰日向《かげひなた》があってはならないのだ。

直之進は琢ノ介を穏やかに見た。

「それにしても琢ノ介、いいところに越してきたな。江戸には富士見坂といわれる場所がいくつもあるそうだが、こういう高台でもない場所から眺められるというのは、そうそうないのではないか」

琢ノ介が深くうなずく。首の肉が盛りあがり、顎を包みこむ。

琢ノ介は少し太ったようだ。いい兆《きざ》しだろう、と直之進は思った。

「まったくだな。こういうのはわしの運のいいところだろう」

直之進は微笑した。

「運というより、米田屋《よねだや》にしっかり礼をいっておくべきだろうな」

琢ノ介は、これまで住みこんでいた中西《なかにし》道場を出ることになり、新しい長屋に越してきたのだ。その周旋をしてくれたのが、直之進も日頃、世話になっている口入屋の米田屋光右衛門《みつえもん》だ。

琢ノ介が首をひねる。

「わざわざ富士山が見える場所を紹介してくれたというのか。直之進、米田屋にそんな心遣いがあると思うか」

「あるのではないか。あの親父、いかにも狸そのものだが、あたたかな心の持ち主であるのは紛れもない。気配りもできるし。――琢ノ介だって心配だろう」

「ああ、風邪で熱をだして寝こんでいるらしいな。夏風邪かな。しかし大丈夫だろう。万病の元とはいうが、あの親父は風邪くらいでくたばるたまじゃない。鬼の霍乱《かくらん》というやつだな」

「あとで見舞いに行くか」

「ふむ、まあ、それくらいしてやらんといかんだろうな」

琢ノ介が考え深げに腕を組む。

「しかし、今年の風邪は強いな。あの、人とは思えぬ親父を寝こませてしまうんだから。直之進も気をつけることだ」

「そうしよう。ふむ、どうやら琢ノ介は大丈夫そうだな」

琢ノ介がじろりと目の玉をまわす。

「馬鹿は風邪を引かぬとでもいいたいのか」

「どうしてわかるんだ」

「殴るぞ」

琢ノ介が拳を振りあげる。

ふと直之進は、背後にやわらかな気配を感じた。

琢ノ介の視線が動く。

「お二人で、なにを話しているんですか。まだ引っ越しは終わっていませんよ」

振り向くと、米田屋の一番上の娘のおあきが路地に立っている。せがれの祥《しよう》吉《きち》が腰に抱きつくようにしている。

途端に琢ノ介が相好を崩した。顔がひどくやに下がっている。

「ああ、すまんな」

猫なで声をだす。

「直之進にいわれて、ちょっと一服していたんだ。こやつはどうも怠け者にできていて、すぐに休みたがるんだ」

「湯瀬さまがですか」

おあきが疑わしそうにいう。

「そうさ。湯瀬直之進という男は一見、まじめそうに見えるが、実はとんでもない怠け者なんだ」

琢ノ介がおあきに歩み寄った。

この男は、とがっしりと肥えた背中を見つめて直之進は思った。おあきさんに惚れているのだろうか。

前は、秋穂《あきほ》という女性《にょしょう》が好きだったのではないかと思える節《ふし》がある。秋穂というのは、中西道場の道場主だった中西悦之進《えつのしん》の妻だ。琢ノ介はつい最近まで中西道場の師範代をしていたのだが、悦之進とその旧臣たちを土崎周蔵に殺されたのだ。

琢ノ介が秋穂をいとおしく思う気持ちは、悦之進が周蔵に殺されて寡婦《かふ》になった秋穂に対する同情から生まれたものではないかと直之進は思っていた。

ただ、その秋穂も周蔵に手ごめにされかけて自害を選んだ。

すでにこの世にない人をいつまでも恋い焦がれていてもはじまらない。惚れっぽい琢ノ介の気持ちが、おあきに向かうのはごく自然なことであり、不思議でもなんでもない。おあきも甚八《じんぱち》という夫を失った寡婦なのだから、琢ノ介が好きになるのは自由だ。

それに、もともと、おあきに対して憧れめいた気持ちを抱いていたのかもしれない。

甚八の忘れ形見である祥吉も、琢ノ介にはことのほかなついているともきく。琢ノ介の遠慮のない口のきき方が、祥吉のやや気の弱い性格にむしろ合っているのではないか。

琢ノ介が太ってきているというのも、中西悦之進や秋穂たちの死の衝撃から、ようやく立ち直ってきているという証なのではないだろうか。

琢ノ介の新しい長屋は団七店《だんしちだな》という裏店で、小日向水道町《こひなたすいどう》にある。それぞれ六軒の店《たな》が、路地をはさんで向き合っている。琢ノ介の店は一番奥の右側だ。最も厠《かわや》に近い。

中西道場を閉めるにあたり、道場の大家と折衝し、すべての手続きを無事に終えた琢ノ介は、気分を変えるために前に住んでいた長屋には戻らず、この新しい長屋に越すことを決めたのだ。

「よし、琢ノ介、最後の一踏ん張りだな」

「ああ、直之進、がんばろう」

直之進たちは、気持ちのよい汗を流して荷物の運び入れを行った。

といっても、男の一人暮らしだけにたいした荷があるわけではない。引っ越しはそれからほんの半刻ほどで終わった。

「よかったですね」

最後の荷物である行李《こうり》が壁際におさまるのを路地から見届けて、和四郎《わしろう》が直之進にいった。和四郎は札差の探索方の手下をつとめているとは思えないような、柔和な顔をしている。

「まったくだな。だが和四郎どのにまで手伝ってもらい、すまなかった」

なにしろ和四郎は、直之進の雇い主である的場屋《まとばや》登兵衛《とうべえ》の配下なのだ。登兵衛は札差で、安売りの米について調べを行っているが、その手足となっているのが和四郎だ。

ここ最近、和四郎は命を狙われることがしばしばで、そのために直之進は登兵衛にいわれて和四郎の警護をしているのだ。

もっとも、和四郎を襲おうとしていたのは土﨑周蔵であり、その周蔵は討ったから警護の必要は減じたといえる。

しかし、周蔵を操っていたと思える黒幕はいまだに明らかになっていない。和四郎がこれからも探索を続ける以上、そして、登兵衛が警護の必要を感じているあいだは、直之進は和四郎のそばを離れることはない。

「なにをおっしゃいますやら」

和四郎が顔の前で手を振る。

「手前は湯瀬さまには感謝の言葉を述べようがないほどのご恩を受けております。命を救っていただいたこともございますし、このくらい、当然のことでございます。もし手伝わなかったら、あるじに叱られましょう」

「そうか、そいつはありがたい言葉だ。琢ノ介に代わって礼を申す」

「いえ、湯瀬さま、どうか、頭をおあげに」

和四郎があわてたようにいう。

「直之進、二人でなにを突っ立ってるんだ。さっさとあがれ」

琢ノ介にいわれ、直之進と和四郎は長屋に入って座った。直之進はあぐらをかいたが、和四郎は正座した。

「和四郎どの、膝を崩してくれ」

琢ノ介がいったが、これでけっこうでございます、と和四郎は譲らなかった。

「そんなに堅苦しくすることはないんだがなあ」

「いえ、手前は本当にこれでけっこうでございます」

琢ノ介の店は六畳一間だ。その場で引っ越し祝いの宴になった。

おあきのほかに、米田屋からはおあきの二人の妹であるおきく、おれんも手伝いに来てくれている。店は休みにしたとのことだ。

おきく、おれんの二人は双子だ。以前、直之進はまったく見わけがつかなかったが、今は十中八九は当てられるようになった。

「じゃあ、米田屋は今、一人なのか」

琢ノ介がおきくにきく。

「ええ、そうです。かわいそうかと思いましたけれど、子供ではありませんし。大丈夫でしょう」

「まあ、そうだな」

琢ノ介が同意する。

「風邪は寝ているのが一番の薬だし、店も休みなら米田屋も眠りに専念できるだろう。まさか、風邪っ引きのときに、いくら狸親父といえども狸寝入りはせんだろうからな」

おきく、おれんが近くの屋台で買ってきたという稲荷鮓《いなりずし》に玉子焼き、団子《だんご》、焼き烏賊《いか》などを並べた。むろん酒も出てきている。

「豪勢だな」

琢ノ介が感嘆の声をあげる。

「すごいな」

直之進も思わずつぶやいた。

「本当はつくりたかったんですけど……」

おれんが申しわけなさそうにいう。

「いや、これで十分さ」

直之進は本気でいった。

「おれんちゃん、おきくちゃんが包丁を振るうのは次の機会でいい。この厚かましい男はすぐに飯をたかりに行くだろうから」

「厚かましい男というのはわしのことか」

琢ノ介が目を光らせてきく。

「ほかにいるのか」

「わしなど米田屋に飯を食いに行ったのは数えるほどだ。直之進のほうこそ、よく食いに行っているではないか」

「いえ、湯瀬さまはこのところとんとご無沙汰ですから」

いったのはおきくだ。ややつんと上を向いた鼻が、おれんより若干の気の強さを感じさせる。

「ほとんどお顔を見せていただけないので、もう私、忘れそうでした」

その口調とは裏腹に、おきくはきらきらした瞳で直之進を見つめている。

「直之進は相変わらずもてるなあ。うらやましいぜ」

琢ノ介がぼやきつつ、おあきをちらりと見た。

おあきは祥吉に玉子焼きを食べさせている。琢ノ介はその光景を、父親のような目で見ている。

「湯瀬さま、どうぞ」

おれんが徳利《とっくり》を傾けてきた。引っ越しの祝いの宴といっても和四郎の警護という仕事中だから、いいのかなと思ったが、いちはやく和四郎が遠慮なさらないでくださいというように目配せしてきた。

ここで飲まないのも野暮だろう、と直之進は杯で受けた。あまりすごさないようにすればいい。

酒をすする。

「うまいな」

米の味がはっきりしていてこくがあるが、あと口はさわやかに抜けてゆき、嫌みが感じられない。

「これは――」

直之進はおれんを見た。おれんが大きく顎を引く。

「はい、駿河は藤枝のお酒です」

「確か杉泉といったな」

「はい、その通りです」

おれんがうれしそうに笑う。

「おいおいおれん、わしの引っ越し祝いだというのに、直之進の好きな酒を持ってきたのか」

「いけませんでしたか」

おれんが小声でいった。杯を口に運ぼうとしていた琢ノ介が酒をこぼしかける。

「いや、とんでもない。いけないなんてことはないさ。こんなにうまい酒、大歓迎に決まっているだろう」

「ああ、よかった」

おれんが胸をなでおろす。おきくもほっとした顔をしている。

その後、団七長屋に住んでいる者たちに琢ノ介が挨拶してまわった。その甲斐あって、長屋の者も琢ノ介の店にやってきて、酒を飲んだり、肴《さかな》を食べはじめた。みんな笑顔がよく、とにかく遠慮がない。

これなら琢ノ介と合うだろうな、と直之進は安心した。長屋の顔ぶれがわかっていて、光右衛門もここを周旋したのだろう。

直之進が最後にしようと決めた三杯目の杯を干そうとしたとき、あけ放たれた障子戸を入ってきた者があった。

「珠吉《たまきち》ではないか」

直之進は声を発した。

「ああ、湯瀬さま。ようやく探し当てることができましたよ」

「どうした、なにかあったのか」

直之進は思わず口にしていた。

珠吉の血相が明らかに変わっている。珠吉は、南町奉行所の定廻り同心樺山富士太郎の中間《ちゅうげん》をつとめている。それなのに、一人で飛びこんできたというのはどういうことなのか。

おきくから水をもらって息をととのえた珠吉が、富士太郎の身に起きたことを一気に告げた。

直之進は腰を浮かせた。

三

ふつか酔いの頭痛は少し引いてきたようだが、まだずきずきしている。

本当に相当飲んだんだね。

富士太郎はいったいどこでそんなに飲んだのか、思いだそうとした。

だが、駄目だ。なにも出てこない。頭のなかに深い霧がかかっているようで、どこを探ればいいのか、さっぱりわからない。

しかしくさいねえ。

富士太郎は顔をしかめた。しかも暗い。

ここは奉行所の牢だ。富士太郎は武家だから、罪を犯したほかの町人たちとは別の牢に入れられている。一人だから気楽といえば気楽だが、やはり町方役人はこんなところにいるべきではない。

畳が敷いてあるが、ほとんどすり切れており、むしろ足が痛いくらいだ。居心地は最低だ。

四畳半ほどの広さがあり、牢格子ががっちりはまっている。これではどんなにがんばっても逃げだすことはできない。むろん、逃げだす気などこれっぽっちもない。

でもこんなところ、すぐに出なきゃねえ。

死骸とともに富士太郎が寝ていたあの小屋は高田四家町にあり、富士太郎は自身番に引っ立てられた。そこにやってきた町方同心はむろん同僚だが、少し事情をきいただけで、結局、奉行所に連れていったのだ。そして、富士太郎はこの牢に入れられたのだ。

もっとも、すぐに疑いは晴れるものと富士太郎は思っている。

当たり前だよ、おいらは殺してなんかいないんだから。

しかし、いまだに橙色の小袖を身にまとっているのにはまいる。

いったい、いつこんなのに着替えたのかねえ。まったく趣味が悪いったらありゃしないよ。

とりあえず今、着物のことを考えても仕方なかった。別のことを考えなければならないときだ。

きっと、と富士太郎は思った。すぐに吟味役の誰かがおいらの取り調べにやってくるだろうね。

そのときのために、いろいろと思いだしておかなければならない。

あの男は誰なのか。名はなんといったのだったか。

富士太郎は、まずそれを思い起こそうとした。もちろんあれが陰間らしい男で、最近、自分にまとわりついていたのは覚えている。

それが、どうしてあんなところで死んでいたのか。

昨夜、おいらと一緒だったということか。

でも、おいらはあの男は好きじゃなかったんだよ。一緒に飲むなんてこと、あり得ないんだけどねえ。

無念そうに見ひらいていた目、大きめの耳、すっきりと通っていた鼻筋、ふっくらしていた頰。

おいらは昨夜、なにをしていたんだったっけねえ。

富士太郎は心の奥底をのぞきこむようにした。

だが、なにも引っかかってこない。こんなことは滅多にない。よほど飲んだのはまちがいない。

あの男とは、どこで知り合ったんだったっけねえ。

あれは、確か……。

富士太郎が考えはじめたとき、牢格子の向こう側の土間を歩いてくる足音がきこえてきた。足音は二つ。一つは牢番のもので、もう一つはきっと吟味役のものだろう。

案の定、目の前にあらわれたのはその二人だった。

この吟味役の役人はなんといったのだったか。何度も顔を見たことはあるが、口をきいたことはほとんどない。

だが、それでも名を思いだせないはずがない。しかし、ふつか酔いのせいなのか、まったく駄目だ。

「あけてくれ」

吟味役の役人が牢番に命ずる。はい、と答えて牢番が鍵をがちゃがちゃいわせて錠を解いた。

牢格子がひらく。

「出なさい」

吟味役の役人が富士太郎にいう。

「もうだしてもらえるんですか」

富士太郎は身をかがめ、いそいそと土間に出た。

「ありがたいなあ」

「勘ちがいするな」

吟味役の役人が厳しい声をだす。

「穿鑿《せんさく》部屋に行くだけだ」

「えっ」

「えっ、じゃなかろう。おぬしには殺しの疑いがかかっているんだぞ」

「でも、それがしは殺してなどいません」

吟味役の役人が静かに見つめてきた。瞳に場数を踏んだ者に特有の迫力があり、富士太郎は思わず息をのんだ。

「そいつは、これからはっきりさせる。おぬしは我らの同僚だから、逃げるような真似はするまいということで、わしは中間は連れてきておらぬ。むろん縄も打たぬ」

土間を少し歩いたところで、吟味役の役人が足をとめた。

「入りなさい」

戸をあけた。富士太郎は素直にしたがった。

なかは暗い。ここも四畳半ほどの広さがあるにすぎない。板敷きの間だ。吟味役の役人も入ってきて、隅の行灯《あんどん》を灯した。部屋のなかは、満月に照らされたほどの明るさになった。

それまでずっと暗いところにいた富士太郎は目をしばたたいた。

「座りなさい」

いわれて富士太郎は正座した。背筋をのばしたが、足が痛いし、もうじき夏がこようかという季節なのに膝のあたりがひどく冷たく感じられる。はやく無実を明かし、こんな場所を抜けだしたかった。

吟味役の役人が目の前に座る。

行灯の淡い灯が揺らめくたびに、鋭い光をたたえた鋭い瞳が浮きあがって見える。正直、富士太郎は怖さを覚えた。

「存じていると思うが、わしは増元半三郎《ますもとはんざぶろう》と申す。これからおぬしの取り調べを担当する」

吟味方の役人が厳かに告げた。

そうだったね、と富士太郎は思った。確かにこの人は増元さんだ。

「これから、おぬしにいったいなにがあったのか、解き明かしていこうと思う。

互いに気持ちよくいきたいものだと思っている。よいか、わしのたずねることに、飾ることなく素直に答えてほしい」

富士太郎は首を大きく動かした。

「それは、それがしも望んでいることです」

「さようか」

増元が満足げに鼻から息を吐きだした。身じろぎし、瞬きのない目で見つめてきた。

「珠吉、もう一度、きくぞ」

走りながら、直之進は富士太郎の中間にいった。

「富士太郎さんは、殺しの罪を得て牢屋に入れられたんだな」

「はい、あっしはそうきいています」

顔をしかめて珠吉が答える。

「富士太郎さんが殺したといわれているのは誰なんだ」

珠吉が残念そうに首を振る。息づかいがかなり荒くなっている。

「それがわかっていないんで。あっしもいろいろな人にきいてまわったんですけど、なにが起きたのか、知っている人が番所内にほとんどいないようなんです」

「そうなのか」

ええ、と珠吉が顎を上下させた。呼吸はさらに荒いものになっている。

「なにが起きたのか、あっしも知りたくてならないんですけどね」

富士太郎を案ずる気持ちはよくわかるが、その前に珠吉が大丈夫だろうか、と直之進は危ぶんだ。なにしろ八丁堀から琢ノ介の新しい住みかである団七長屋まで、駆け続けたら一刻は優にかかるだろう。

それを往復することになるのだから、もう六十近いはずの珠吉の体には相当の疲れがたまっているはずだ。

憐れむような直之進の視線に気づいたか、珠吉が首を振った。

「湯瀬さま、あっしは大丈夫ですよ。なにしろほかの者とは鍛え方がちがいますから」

「そうか」

それなら直之進はなにもいわないことに決めた。

「しかし珠吉、よく知らせてくれたな」

「ええ。実をいえば、あっしはすぐにでも調べにかかりたかったんです。なにしろ、樺山の旦那が人を殺せるはずはありませんから」

それは直之進も同感だ。

「ですが、番所内の誰もがどういう状況なのかわからないのに、闇雲に動くわけにもいきません」

いきなり珠吉が咳きこみ、背を丸めた。足を取られることはないが、ひどく苦しそうだ。こうして走りながらでも背中をさすってやりたい衝動に、直之進は駆られた。

だがその前に咳はとまり、珠吉は顔をあげた。息は荒いままだが、それほど苦しげには見えない。

「樺山の旦那が一番好きなのは、湯瀬さまです。それで湯瀬さまの顔を見れば、旦那もきっと元気が出てくるのではないかってあっしは思ったんです。こうして湯瀬さまに一緒に来ていただいても、奉行所で樺山の旦那に会えるかどうか心許ないんですけど」

必死に足を運びつつ、珠吉が頭を下げる。

「あっしの勝手な思いつきで、湯瀬さまにはまことに申しわけなく思います」

「いいんだよ、珠吉。顔をあげてくれ」

直之進はいたわるようにいった。

「富士太郎さんが俺のことを好きというのは、いわれるたびに背中がむずがゆくなってしまうんだが、富士太郎さんは大事な友だ。元気づけるのは友の一人として、当然のことだ」

「湯瀬さま、あっしは、本当にありがたく思っているんですよ」

「うん、よくわかっている」

直之進は珠吉から道々事情をききつつ走ってきたが、これまでわかっているのは、富士太郎が誰かを殺したらしいという疑いをかけられたことだけだ。

死んだのが若い男というのはまずまちがいなさそうで、それ以外のことははっきりしていないようだ。

富士太郎は南町奉行所の牢に入れられているとのことで、番所に着けば、また新たなことがわかるだろうという期待がある。

直之進は、珠吉とともにひたすら足を急がせた。立ちのぼる土煙が、風に流されるようにあっという間にうしろに消え去ってゆく。

四

あの人は今、と千勢《ちせ》は思った。なにをしているのだろう。

駿州《すんしゅう》沼里《ぬまざと》で一緒に暮らしていた直之進のことを思いだすのは滅多になくなっていたが、今日はどうしてか朝から面影が脳裏に浮かんでならない。

あの人になにかあったのだろうか。

だが別段、胸騒ぎもない。おそらくあの人の身にはなにも起きていない。勘にすぎないが、千勢にはわかる。

直之進のことを考えるというのは、今日はきっとそういう日なのだ。今日は富士山が久しぶりに望めた。もしかすると、そのことと関係しているのかもしれない。

故郷の沼里からは、富士山はすぐ間近に見えた。それだけでなく、沼里のおいしい水は富士の恵みであるともいわれていた。富士山に降り、地中にしみこんだ雪や雨が長い年月をかけて沼里でわきだしてくるのだと。

故郷になつかしさがないわけではないが、千勢に沼里に帰る気はない。一つだけ惹かれるものがあるとしたら、あの清冽な水だ。江戸の水にはない冷たさとおいしさがある。あの水でいれた茶をもう一度飲みたいといつも思う。

どういう事情になるかはわからないが、いつかは沼里に帰らないわけにはいかないだろうから、千勢はそのことだけは楽しみにしている。

「ねえ、千勢さん、なにを考えているの」

お咲希《さき》にきかれた。

「えっ」

千勢は我に返り、横に座っている女の子を見つめた。

「ふるさとのことよ」

「千勢さんのふるさとって、沼里よね。どういうところなの」

千勢は縁台から湯飲みを取りあげた。茶のあたたかみが手のひらに伝わる。

「気候が穏やかで、真冬でもほとんど雪が降らないの。そのためか、暮らしている人たちもどこかのんびりしているわ。それに、魚がとてもおいしいの。ほかには――」

千勢は水のおいしさを伝えた。

「ふーん、そんなにおいしいの。富士山の雪解け水か、あたしも飲んでみたいな。ねえ、千勢さん、いつか連れていってくれる？」

「もちろんよ。一緒に行きましょう」

お咲希はとびきりの笑顔を見せてくれた。

「うれしい。あたし、江戸からよそへはどこにも行ったことがないの。とても楽しみだわ」

「私もお咲希ちゃんと一緒に沼里に行けるなんて、うれしくてならないわ」

今、千勢はお咲希と一緒に茶店にいる。雲一つなく、しかもさして暑くない天気に誘われて二人は外に出てきたのだ。右手に、護国寺の巨大な山門が見えている。その奥にうつぶせた犬のように、ゆったりとした線を描いて森が横たわっている。

もっとも、千勢たちには用事があることはあった。

「ねえ、千勢さん」

団子の串を皿に置いて、お咲希が呼びかけてきた。

「あたし、あの手習所に行くの？」

「行きたくない？」

「ううん、行きたいわ」

「それはよかった」

千勢は胸をなでおろした。千勢とお咲希は音羽町四丁目の長屋に住んでいるが、今日、五丁目にある手習所を見に行ってきたのだ。

手習をお咲希に教えるくらいなら、千勢は自分でもやれる自信があるが、それではお咲希に友達ができない。

手習所は学問を習うだけでなく、近所から集まってきている子供たちと知り合う貴重な場だ。まだ八歳の娘であるお咲希に、友達をつくる機会を失わせるわけにはいかない。

「あの手習所、お咲希ちゃんはどう思った」

「とても楽しそうだった。みんな、生き生きした目をしていたわ。お師匠さんもやさしそうだったし」

手習所は羽音堂《はおとどう》といい、地名である音羽をひっくり返して名としたようだ。師匠は女性で、まだ若い。歳は二十二、三なのではないかと思えた。家には一人で住んでいるらしいが、元は武家のように千勢には感じられた。

教え方がとてもていねいなことに好感を持てたし、師匠の心根のやさしさが伝わってきたことに安堵の思いを持つこともできた。

「私もあそこなら、お咲希ちゃんを安心して預けることができるわ。それに、女の子が多かったしね」

「それは私もうれしい」

お咲希は笑みを見せた。

「ねえ、お千勢さん。もっと食べてもいい？」

団子の皿を指さしてきいてきた。

「もちろんよ。お食べなさい」

ありがとう、といってお咲希が新たな団子を手にする。幼いのに苦労を重ねているから大人びているように見えるが、こんなところはまだまだ子供だ。

私が守ってあげなければ、という思いがさらに強くなる。

千勢は、無邪気に団子をほおばっているお咲希を見つめた。

お咲希は、千勢の以前の奉公先だった料亭料永《りようえい》のあるじ利八《りはち》の孫娘だ。利八は非業の死を遂げたのだが、その後、料永には利八の姉弟であるお邦《くに》と奈良蔵《ならぞう》が乗りこんできた。

この二人との折り合いが悪く、お咲希はある日、千勢の長屋へ逃げこむように転がりこんできたのだ。千勢にお咲希を追い返す理由はなく、仲むつまじく暮らしはじめた。

その後、欲に目がくらんだお邦と奈良蔵に料永は売られてしまい、お咲希には五十両の金が与えられた。その金でお邦、奈良蔵と縁が切れたことをお咲希はむしろ喜んだものだ。

「ねえ、千勢さん」

背筋をのばして茶を飲んで、お咲希がいった。

「なあに」

「寂しくない？」

いきなりお咲希にいわれて、千勢は戸惑った。佐之助がここしばらく顔を見せていない。そのことをいわれたのかと思った。

「私のどこが寂しいの」

千勢はこうきくしかなかった。

「だって、あたしが手習所に通うことになったら、千勢さん、昼間、一人になっちゃうでしょ。今までずっと一緒にご本を読んだり、お買い物したり、ご飯をつくったりしていたでしょ。今度からそういうこと、できなくなっちゃうのよ」

「お咲希ちゃん、ありがとう、気づかってくれて」

千勢は抱き締めたくなった。人目など気にせずそうしたかったが、お咲希が恥ずかしがるだろうと思ってやめた。

「でも、私も昼間、働くつもりでいるからいいのよ」

「でも、まだお仕事、見つかっていないじゃない」

「そうなんだけれど、そんなに焦《あせ》る必要はないわ。江戸にはいくらでも仕事があるもの」

「千勢さんはなにをしたいの」

お咲希にいわれ、千勢は考えこんだ。

本当に自分はなにをしたいのだろう。手習所をひらくというのは、実際のところ、考えないではなかった。

ただ、音羽町界隈をそれとなく調べてみたところ、手習所はすでにかなりあった。

競《せ》りはかなり激しい。手習所をひらくなら、よそに移ったほうがよさそうだったが、江戸に来て以来ずっと住み続け、慣れたこの町を出てゆく気にはならない。

それに手習所をやるのには、それだけではすまされない。広い家を借り、天神机などもそろえなければならない。直之進のもとに嫁ぐ際、父が与えてくれた三十両のうち、半分はまだ残っているが、それをつかってまで、という気にはならない。

なにかほかの仕事を見つけなければならない。

だが昼間の仕事となると、女にはほとんどない。あるのはこういう茶店の仕事だろう。

茶店で働くのも悪くはない。団子や饅頭をつくるのは得意だ。母仕込みなのだ。

それならば団子や饅頭をつくって売ることも考えたが、いきなりすぐに売れるとは思えない。商売がそこそこ順調に進みはじめるまで、相当のときがかかるだろう。

それでもかまわないが、果たして自分がそういう屋台で売るような商売に向いているかどうか。

愛想があるほうではなし、無理なような気がしてならない。

なにかきっと性《しょう》に合うものが見つかるだろう、と千勢は期待している。それまでは気長にいくことにしよう。

「ねえ、千勢さん」

お咲希が小さくつぶやいた。

「あの人、どうしているのかしら」

あの人が誰を指すのか、千勢にはきく必要はない。

先ほど、佐之助のことは考えたばかりだ。殺し屋を生業《なりわい》にしている男。自分の想い人だった藤村円四郎《ふじむらえんしろう》を殺した男。

千勢は円四郎の仇として佐之助を追って江戸に出てきたのだ。

それがどうしてか、いつの間にか最も気にかかる男となってしまっている。

本当に、と千勢は思った。あの人は今、どこでなにをしているのだろう。

五

暮れゆく景色がこれほど美しいと思ったことは、ここ最近ない。

いったいどういう心持ちなのか。

佐之助は足をとめた。

俺のなかで、なにか変わったことがあっただろうか。

心のなかを見渡すようにしてたが、考えられるのはただ一つだ。

会いたいな。

強烈に思う。

今、なにをしているのだろう。夕餉の支度だろうか。それとも、すでに夕餉は食べ終えただろうか。

江戸の町を真っ赤に染めて大きな太陽が町並みの向こうに没して、すでに行きかう人の顔も見わけがたくなっており、提灯《ちょうちん》を手にしている者も少なくない。

そんな暗さがあたりを覆おうとしているなか、遠くに見える富士の山だけは、残照にほの赤い肌を見せている。どうして富士の山だけがああいうふうになるのかわからないが、やはりその高さゆえなのだろう。

孤高という言葉がぴったりくる気高さだ。

おそらく富士の山は、と佐之助は思った。孤独を感じたことなど、一度もないのではないか。

それにくらべて、この俺のなんと弱いことか。いつも千勢のことばかり考えてしまう。

無性に顔が見たい。

音羽町の長屋に行けば、おそらく喜んで出迎えてくれるだろう。あのお咲希という娘と一緒に。

だが、それだけのことだ。当たり障《さわ》りのない話に終始し、抱き締めることすらできないだろう。

そう、それから一歩も進まないのだ。

なにかしなければ、千勢の気持ちはつかめない。

なにをすればいい。

しかし、頭が働きをとめてしまったかのようになにも思い浮かばない。

どうしてだろう。千勢のことになると、いつも頭のめぐりが鈍くなる。

目の前を、体をぶつけ合うようにしながら行く男女がいた。男がなにかいったのに対して、女が軽く笑い声をあげる。それがとても自然な感じがして、うらやましい。

その男女に誘われるように佐之助は歩きだした。

俺たちがああいうふうになる日が、いつかやってくるのだろうか。

考えたが、ほとんど実感はわかない。

そのこと自体、佐之助は寂しかった。

いや、もっといいことを考えろ。

自らにいいきかせる。

いいことがろくに考えられないのは、腹が減っているせいだ。

明々《あかあか》と灯された大きな提灯が目につく。煮売り酒屋かと思ったら、蕎麦屋だ。

いいだしのにおいがしている。

腹が鳴る。前を行く男女とわかれて、佐之助は暖簾《のれん》を払った。

いらっしゃいませ、と若い女の声がかかる。こちらにどうぞ、という女に導かれて佐之助は座敷の左の隅に腰をおろした。ざるを二枚に、酒を注文する。

「お酒はお燗しますか」

「冷やでいい」

「はい、ありがとうございます」

小女が厨房のほうに去る。佐之助は店内を見渡した。

はじめての店だが、客の入りは悪くない。誰もが笑顔を浮かべて、蕎麦切りを手繰《たぐ》っている。すする音も悪くない。

いい店なのだな。

そう考えたら、はやく蕎麦切りを食べたくて待ちきれなくなった。

小女は先に酒を持ってきた。徳利と杯を置いてゆく。

佐之助は杯を口に運んだ。やや甘みが強いが、いい酒だ。すっきりしている。

これなら蕎麦切りの味を台なしにするようなことはあるまい。

ざる蕎麦がやってきた。佐之助はさっそく箸をつかった。

なかなかいいではないか。

腰があり、香りも強い。それに濃いつゆもだしがよくきいていて、うまい。蕎麦切りとよく合っている。

蕎麦と一緒に酒を飲む。思わずため息が出そうになるほどだ。

蕎麦切りと酒はどうしてこんなに合うのだろう。

誰がはじめたかわからないが、これ以上、相性のいい組み合わせを佐之助は知らない。

徳利を半分ほどあけたところで、再び千勢のことが思い浮かんだ。杯に顔が映っているような気持ちになる。

どうすれば、千勢の気持ちを俺に引き寄せることができるか。

いや、そうではない。千勢の気持ちが俺に傾いているのはまちがいない。それははっきりと感じ取れる。

考えるべきは、どうすれば千勢を自分のものにできるかだ。

このことに俺は集中しなければならぬ。

千勢にとって、今、一番の関心事はやはり前の奉公先だった料亭料永のあるじ利八の死だろう。

それはまずまちがいあるまい。だからこそ俺に利八の仇討を頼んできたこともあったのだ。

利八が何者かに殺されたから、孫娘のお咲希は千勢に引き取られることになった。

となると、やはり利八の死の真相を突きとめることだろうか。

どうして利八は殺されたのか。

その理由はわかっているようで、わかっていないのではないか。

佐之助は蕎麦切りを平らげた。徳利を空《から》にする。

おかしいな。

あらためて考えてみたが、利八はいったいどうして殺される必要があったのだろうか。

千勢によれば、利八は安売りの米のことについて調べはじめたとのことだ。

それは今、湯瀬直之進が警護についている札差の登兵衛も同じはずだろう。

登兵衛は命を狙われたから、直之進が警護についた。湯瀬が凄腕だからこそ登兵衛は土崎周蔵などの襲撃をかわすことができ、用心棒などついていなかった利八は死んでいったということにすぎないのか。

利八はなにかをつかんだのか。だから口封じをされたのか。

だが、登兵衛が長いときをかけてつかめなかったことを、そんなにたやすくつかめるものなのか。

偶然、つかんでしまったというのは考えられないことではない。

きっとそういうことなのだろう。今はそういうふうにしか考えられない。

よし、利八はなにかをつかんだということにしよう。

ならば、利八はなにをつかんだのか。

佐之助はそれを調べることにした。湯瀬が討った土崎周蔵の背後に黒幕がいるのはまちがいない。おそらく、その黒幕の癇《かん》に障ることを暴《あば》きだしてしまったのだろう。

素人の利八にできて、俺にできぬことはあるまい。

よし、やってやろう。

佐之助は代を払い、蕎麦屋を出た。

道を歩きだす。だいぶ暗くなってきたが、もう一度、富士山に視線を当ててみた。

山肌を焼いていた残照が完全に消え、今は山の形をあらわしている筋だけが見えているにすぎないが、すばらしく美しい。

沼里で暮らしていたとき、千勢もこうして闇に溶けゆく富士山を眺めたのだろうか。いや、今も見ているかもしれない。

佐之助は千勢の顔を思い浮かべた。

心のなかで強く抱き締める。それだけでやる気が出てきた。

よし、やるぞ。

まずは、利八の周辺を調べなければならない。利八のことは、ほとんど知らないのだ。

誰から調べるべきか。

やはり、一番詳しいのは血縁だろう。

利八には姉と弟がいた。一度、千勢の長屋に押しかけてきていたのを、追い返したことがある。

六

おなかが空《す》いたね。

樺山富士太郎は腹をなでさすった。

どこからも光が入らず、牢は相変わらず暗いままだが、夜が明けたのはまちがいない。

それは、かなり大勢の人が動きはじめているらしい物音が響いてきていることからわかっている。

牢というのは、と富士太郎は思った。なにを食べさせてくれるのだろう。

定廻り同心をつとめているのに、これまで牢につながれた者たちがなにを胃の腑におさめているのか、知らなかった。

これまでちっとも関心がなかったねえ。これじゃあ、いけないねえ。罪人の気持ちがわからなくなっちまうもの。

だが、なかなか朝飯はやってこない。

富士太郎はあまりに腹が空いて待ちきれなくなったが、大声をだすわけにはいかない。ここは待つしかない。

なにか考えて、気持ちをそらそう。

なにしろ、自分は人殺しの疑いをかけられているのだから。

あれから一日たち、ふつか酔いは抜けた。今はもうどこを捜しても、頭痛のかけらもない。頭はすっきりしたものだ。

取り調べを担当している増元半三郎は、昨日、富士太郎の名をきき、しばらく世間話のような雑談をかわしたくらいで、取り調べらしいものはほとんど行わなかった。

多分、おいらの吐く息があまりに酒臭かったからだろうね。

それ以外、考えられない。事件からときを置いて、いいことがあるとは思えないのだ。

富士太郎から酒が抜けるのを待ち、なにが起きたのか思いだせる状況になるのを待ってくれているのだろう。

増元のその期待に応えなければならない。

富士太郎は、おとといの晩、どうしていたか、考えはじめた。

あの日は別に非番ということはなかったから、ふつうにつとめに出て、市中見廻りをしたのだ。

夕暮れ前に帰ってきて、それからどうしたのだったか。

そうだ、やはり飲みに行ったのだ。前から決まっていた寄合だ。同僚に誘われていた。その翌日、つまり昨日は非番だった。

そのせいもあって、おいらは飲みすぎたのかな。

わからない。思いだせない。そのあたりのことは、いまだに深い霧のなかだ。

苛立《いらだ》たしいねえ。どうして思いだせないのかねえ。

まるで自分の頭ではないようにすら感じられる。

牢格子の向こう側の土間を歩く足音がきこえてきた。やってきたのは牢番で、朝飯を持ってきたのだ。

いわゆる物相飯《もっそうめし》だ。あとは、具のない味噌汁とたくあんが二きれだけだ。

ぼそぼそして、ひどくまずい飯と水のような味噌汁だった。食べ物があふれている今の江戸で、こんな物がまだあることが驚きだ。たくあんがとんでもなく塩辛いために、かろうじてすべて食べきることができた。

「こんなにひどいのは、野良犬だって食べないだろうねえ」

空になった器を見つめて、富士太郎は泣きたくなった。

どうしてこんなことになっちまったんだろうねえ。こんな飯、二度と食べたくないよ。はやいとこ、出なくちゃねえ。

飯の器が下げられて四半刻ほどした頃、富士太郎は牢番に穿鑿部屋に連れていかれた。

すでに吟味役同心の増元半三郎が待っていた。

あと、もう一人、文机を持ちこんでいる者がいた。記録役の同心だろう。名はきいたことがあるかもしれないが、知らない。顔を見たことがあるだけだ。

富士太郎は一礼したが、向こうは会釈すら返さず、名乗りもしなかった。

富士太郎は増元に座るようにいわれた。

「朝飯は食べたかな」

増元にやさしくきかれ、富士太郎は顔をしかめてうなずいた。

「はい、いただきました。しかし、おっそろしくまずかったですよ」

増元の形相が一変した。

「黙れ」

「えっ」

富士太郎は思わず見返した。

「黙れと申しているのだ」

その迫力に富士太郎は口をつぐんだ。

「おのれは罪人の分際で、食い物に文句をつけるのか」

罪人ってなんだい。

富士太郎はなにもいわずに増元の顔を見た。

「返事はどうした」

黙れっていったから、黙っていたのに。

「いいえ、そのようなつもりはありません」

富士太郎はこわごわ口にした。

「だったら、とっとと返事をせい」

「はい」

増元が瞬きしない目で見つめている。富士太郎は手習師匠に叱られた手習子のように、うつむいた。

「顔をあげろ」

しばらくしてから増元がいい、富士太郎はしたがった。

「おとといの晩のことを思いだしたか」

「ええ、少しは」

富士太郎は小さく答えた。

「きこえぬ」

富士太郎は、同じ言葉を大きな声で繰り返した。

「よし、順を追って話せ」

「はい」

富士太郎は唇をなめた。かさかさに乾いてしまっている。

「夕刻、つとめが終わり、それがし、隆泉《りゅうせん》という料亭にまいりました」

それは以前から決まっていた、同僚たちとの寄合の席であることを増元に告げた。

「寄合か。何人集まった」

「はい、定廻りや臨時廻りなど全部で七名でした」

「顔ぶれを覚えているか」

「はい」

富士太郎は隆泉の座敷に来ていた同僚たちの顔を脳裏に浮かべ、一人一人の名をあげていった。

ただ、このくらいのことは富士太郎がいわずとも、とうに調べはついているはずだ。単に、手続きみたいなものにすぎない。それでも、記録役の同心は熱心に帳面に書きつけている。

「樺山富士太郎」

増元にいわれ、はい、と富士太郎は背筋をのばした。

「今の顔ぶれにまちがいないな」

富士太郎は一応、頭のなかで確かめた。

「はい、まちがいありません」

増元が重々しくうなずく。

「おぬしが殺した男だが、名はなんというのだ」

富士太郎は腰が抜けるほど驚いた。たまらず尻を浮かせていた。

「それがしが殺した？」

増元が冷ややかな目で見る。記録役の同心も同じ視線をした。

「ちがうのか」

「ちがいますっ」

富士太郎はほとんど叫んでいた。

「しかしおぬしは血のついた匕首を握り、仏のそばに立っているのを見られている」

「あれは匕首を拾いあげただけです」

「どうして拾いあげた」

「あれが男を殺した凶器ですから、持っておこうとしただけです」

「今、匕首が男を殺した凶器といったが、どうしてそういいきれる」

「いえ、いいきったつもりはなかったんですけど、仏さんの脇には血だまりができていましたから、当然、そばに落ちていたあの匕首で刺されたものと思いました」

「それは、自分が刺したからそうだといいきれたのではないのか」

「とんでもない。それがしはやっていません」

「どうしてそういいきれる。おぬし、おとといの夜の覚えがないのだろうが」

「その通りですが、あの男を刺したという覚えもありません」

「うまいことをいう」

増元が軽く笑う。人のいい笑顔で、気持ちが楽になりかけたが、これは油断を誘う笑いではないかと富士太郎はにらみ、気を許すことはなかった。

増元が表情を引き締める。

「おぬしがつかったのは、この匕首か」

増元が懐からいきなり匕首を取りだし、見せた。

富士太郎は見つめた。匕首にはべっとりと血がついたままだ。それがずいぶんと生々《なまなま》しい。

じっくり見ようと、富士太郎はのばそうとした手をとめた。

増元と記録役の同心の目が、富士太郎の動きをじっとうかがっている。二人は、富士太郎が匕首を奪おうとするのではないかと考えているのだ。

もしかすると、と富士太郎は思った。おいらは誘われているんじゃないのかね。

逃げるためにもし匕首を奪うような真似をしたら、穿鑿部屋の外に控えている者たちにあっという間につかまってしまうような気がした。

富士太郎は、両手を背中のほうに持っていった。

「それがしが拾いあげた匕首であるのはまちがいないようですが、それがしはこの匕首をつかったことはありません」

「この匕首はどこで手に入れた」

「手に入れたこともありません」

富士太郎はいい、増元を見た。にらみつけたい思いが募ったが、そうしないように心を落ち着かせる。

「ききたいことがあるのですが、よろしいですか」

「きいているのは、こちらのほうだ」

増元からはにべもない言葉が返ってきた。

「殺した男の名は？」

「それがしが殺したわけではありませんが、死んでいた男の名は朱鷺助《ときすけ》です」

富士太郎は唐突に思いだしたのだ。

「朱鷺助か。まちがいないな。どういう関係だ」

「思いだせません」

富士太郎は偽りを口にした。

「ふむ、まことかな。まあ、よかろう。ききたいことがあるといったが、申してみろ」

「ありがとうございます」

富士太郎は頭を下げた。

「検死医師による調べは行われましたか」

「むろん」

「仏さんは、いつ殺されたのか、わかりましたか」

増元が目を細める。

「それはおぬしが思いだせばすむことではないのか」

「いえ、それがしは殺していません。是非、いつ殺されたかを教えてください」

増元はしばらく口を引き結んでいた。

「四つから七つの間だ」

およそ三刻のあいだということになる。深夜に殺されたのは紛れもないのだ。

「仏さんと一緒にあの小屋で眠っていたそれがしは、夜明け頃に目覚めました。目覚めてすぐ小屋に陽射しが入ってきたことから、それは確かです」

増元が凝視する。

「なにをいいたい」

「もしそれがしがあの男を殺したのなら、あんなところで寝ておらず、とうに逃げだしていなければおかしいのではありませんか」

「酔って寝てしまったから、逃げだせなかったのであろう」

「逃げだせないほど酔っていたのなら、人を殺すことなどできないのではありませんか」

増元が不機嫌そうに唇をへの字に曲げた。

「酔っていても、殺せぬことはあるまい」

「そうでしょうか。おとといの晩のことをまったく覚えていないほど泥酔していたのに、人を殺せるはずがありません」

増元が薄く笑う。

「覚えがないというのは、おぬしがいい張っているにすぎぬ。本当はすべて覚えているのではないのか」

「とんでもない」

富士太郎は即座に否定した。

「なにも覚えていないからこそ、それがし、当惑しきっているのです」

うつむいて板の間を見、それからゆっくりと顔をあげた。増元が手にしたままの匕首に視線を当てる。

「それがしがその匕首を握っているところを、あの男の子が目の当たりにしたのはわかっています。でも、すでにあの男が殺されたのが四つから七つのあいだというのがわかっている以上、あの瞬間にそれがしがあの男を刺したのではないということは、少なくともはっきりしていると思うのですが……」

増元が冷笑する。

「匕首を落としたことに気づいて、持ち去ろうとしただけであろう。そこを見られたにすぎん」

ちがいます、といおうとしたが、いったところで無駄でしかないのを富士太郎は覚っている。

どうやら、増元さんはすでにおいらを犯人と思いこんでいるようだもの。

富士太郎は、とりあえず当たり障りのない答えを返してゆく心づもりになった。そうしているうちに、次第におとといの晩のことを思いだしてゆくのではないか。

それよりも、と富士太郎は考えた。これは増元とやりとりしていてあらためて感じたことなのだが、もしおいらがあの男を殺したのなら、どうしてあの場を逃げださなかったのか。

役目柄、滅多にない泥酔をしていたことも合わせ、腑に落ちないことが多い。

富士太郎は、きな臭いものを覚えはじめている。

七

直之進は蕎麦湯を飲んだ。

いいだしの味がして、うまい。

富士太郎さんは、と思った。どんな物を食べさせられているのだろう。牢ではろくな物はないはずだ。

富士太郎は江戸っ子の例に漏れず、毎日食べても平気な蕎麦好きだから、今頃、食べたくてならないのではないか。

それに、こんなきれいな座敷とは無縁だろう。糞尿のにおいがひどく漂っているような場所にちがいない。

はやくだしてやらなければ、と直之進は強く思った。

横に和四郎がいる。気がかりそうに直之進を見ている。

「どうかしたかな」

直之進は静かにきいた。

「いいえ、湯瀬さまがずいぶんと思い悩んだ顔をされているように見えましたので」

「そうか」

直之進は笑って手のひらで頬を軽く叩いた。

「それでいいですよ」

和四郎が穏やかに笑う。

「そんなにこわばったお顔をされていては、うまくいくものもいかなくなってしまいますからね。表情というものは大事だと耳にしたことがありますよ」

「そういうものかもしれんな。富士太郎さんのことを思うと気が重いが、顔つきまで暗くしても仕方ないものな」

「そうですよ」

直之進は、暖簾をはねあげて入ってきた人影を認めた。

「珠吉、ここだ」

「ああ、すみません」

珠吉が足早にやってきて、座敷にあがりこんだ。

「食べるか」

「いえ、けっこうです」

珠吉は憔悴《しょうすい》している。腹を空かしているのはまちがいないが、そのことに思いが至っていないようだ。

「いや、なにか腹に入れたほうがいい」

直之進は、やってきた小女にざる蕎麦を二枚、注文した。

「すみません。でもあっしは、食べられないかもしれません」

「一応、食えるかどうか試してみることだ。食えなかったら、俺が面倒見よう」

「すみません」

「それでどうだ、なにかわかったことがあったか」

琢ノ介が新しい長屋に引っ越した当日、急を知らされて直之進は南町奉行所に駆けつけたものの、富士太郎に会えもせず、結局はなにもわからずじまいのまま奉行所を去ることになったのだ。

珠吉が唇をなめて、話しだす。

「樺山の旦那が殺したといわれているのは、やはり若い男らしいんです」

「何者だ」

「いえ、それがわからないんです」

「身元が判明していないということか」

「いえ、それもわからないんです。樺山の旦那と知り合いなのか、そうでないかも」

「そうなのか。しかし仏が若い男というのはわかっているのだよな。それはどうしてだ」

「あっしは、番所内を流れている噂をきいただけなんですよ」

「そうか」

直之進は、おとといの晩の富士太郎の動きを問うた。

「樺山の旦那はおとといの晩、隆泉という料亭に行き、寄合の席に出たんですよ。ただし湯瀬さま、今のところ、それしかわかっていないんです。申しわけなく存じます」

「いや、謝ることなどない」

与えられた材料の少なさに頭は痛かったが、この程度のことでへこたれてはいられない。

すべてを調べあげ、一刻もはやく富士太郎を牢からださなければならない。富士太郎が人を殺せるような者でないのは、珠吉の言葉をきかずともよくわかっている。

「その寄合に出た者は何者だ」

「ああ、樺山の旦那の同僚です。定廻りや臨時廻りの人たちだそうです」

「何名が出たんだ」

「樺山の旦那を入れて、七名だそうです」

「その寄合だが、行うのはいつ決まったのかわかっているのか」

「ああ、はい。樺山の旦那は、寄合について一月《ひとつき》以上前に口にしていましたから」

「では、だいぶ前に行われることが決まっていたのだな」

「はい、そういうことだと」

「おととい、つとめが終わったあと、富士太郎さんは隆泉に行ったのだな」

答えて珠吉が無念そうに唇を噛む。

「おととい、あっしも一緒についていってたらこんなことにはならなかったんでしょうけど、あっしは呼ばれていなかったんですよ」

珠吉は、自分が中間でしかないのがいかにも残念そうだ。

「珠吉、そんなことは気にする必要はない。大切なのはこれからだ」

直之進は励ました。

「その寄合での富士太郎さんの様子はどうだったか、きいたか」

「ええ、きいてまいりました」

珠吉がうなずく。

「樺山の旦那は、そんなに飲むほうではありません。酒は大好きなんですけど、最近では自覚ができてきたというのか、滅多に大酒は飲まなくなりました。寄合の席でも同じだったらしいんですけど、おとといの晩はすぐに酔い潰れて、眠りはじめてしまったらしいんです」

「ほう」

直之進が相づちを打ったとき、お待たせしましたと小女が二枚のざる蕎麦を持ってきた。

「食べてくれ」

直之進は珠吉に勧めた。

「すみません、ではいただきます」

珠吉があまり気が乗らなげに蕎麦切りをすすりはじめる。

「うまいですねえ」

蕎麦切りのおいしさをはじめて知ったような顔で、一気に食べだした。

見る間に二枚のざる蕎麦を平らげた。箸を置いた珠吉が照れくさそうな笑みを浮かべる。

「いやあ、お恥ずかしい。あっしはよほど腹が減っていたんですねえ。そのことに気づかなかったことも、赤面しちまいますよ」

「いや、それだけ食べられるのは、とてもいいことだ」

直之進は珠吉に、蕎麦湯を飲むようにいった。いただきます、と珠吉がだしをのばした蕎麦猪口《ちょく》を傾ける。

「こいつもうまいですねえ」

しみじみいう珠吉を、直之進は見つめた。

「落ち着いたか。珠吉、続きを話してくれ。酔い潰れたあと、富士太郎さんはどうしたんだ」

「ああ、さいでしたね」

空にした猪口を珠吉が置く。

「樺山の旦那は、半刻ほどで目覚めたらしいんです。それで、気分がひどく悪いからと一人で帰っていったようです」

「一人で帰っていったのは確かなんだな」

「ええ、三人の方からお話をうかがいましたから」

「そうか。その隆泉という料亭を出てからの消息が、わからずじまいということか」

「そういうことになります。八丁堀の樺山の旦那のお屋敷を訪ねて、母御にお話をきいたのですけど、旦那はおととい の晩、お屋敷に戻ってこなかったらしいんです」

富士太郎さんの母親は、と直之進は会ったことのない女性を脳裏に思い浮かべた。さぞ心を痛めていることだろうな。

母御のためにも、富士太郎をなんとかしなければならない。

「湯瀬さま、これからその隆泉という料亭に行ってみませんか」

和四郎が提案した。いわれるまでもなく、直之進はその気になっていた。

「いいのかな」

確かめると、和四郎がにやりと笑った。

「手前が申しあげずとも、湯瀬さまははなから行かれるおつもりだったのでしょう」

隆泉は神田の三河町三丁目裏町にあった。いかにも町奉行所の面々が訪れそうな、隠れ家めいた佇《たたず》まいの店だ。それと知らなければ、まず足を踏み入れるような場所ではない。

「あるじは誰だ」

店に興味を持った直之進は、入口の前で珠吉にきいた。

「あっしも知りません」

珠吉は首を振ったが、すぐに声をひそめて続けた。

「もしかすると、与力のどなたかの持ち物かもしれません」

それがどういうことか、ただすまでもない。与力はとにかく金があるのだ。

参勤交代で江戸にやってきた大名の家臣たちが江戸で騒ぎを起こしたときなど、内々ですませるよう便宜を図ってもらうために、町奉行所には代々頼みというものがあるときいている。

代々頼みはそれぞれの大名に担当が決まっているらしく、富士太郎も受け持っているはずだが、大大名といわれる大名の場合、与力が代々頼みになっていることがほとんどらしく、それだけ実入りもちがうのだ。

前に小耳にはさんだことがあるが、年に数千両もの金を代々頼みによって手に入れる与力もいるそうだ。

そういう者なら、この程度の料亭を持つのはさほどむずかしいことではあるまい。

ただし、表に出ることはないのだろう。切り盛りすることに長《た》けた者に店を預けるにちがいない。

まだ昼をややすぎた刻限だけに隆泉はあいていなかったが、身分を明かした珠吉が訪いを入れると、座敷に案内された。

清潔な畳が敷かれていて、藺《い》草のにおいに満ちている。

おとといの晩、富士太郎たちに酒や料理を持っていった女中の一人に話をきいた。仕事熱心な女らしく、すでに店に来ていて、庭先や座敷の掃除をしていたとのことだ。

「いえ、仕事が好きってわけじゃありませんよ。ただ、家にいても独りなんで、することがないだけなんですよ」

くめと名乗った女中は、まん丸い頰に笑みを浮かべて屈託なくいった。歳は三十半ばくらいか、いかにも人がよさげで、話がしやすい感じだ。

そういえば、と直之進は思った。千勢は料永をやめてどうしているのだろう。新しい奉公先は見つかったのだろうか。

だが、今は千勢のことを気にしている場合ではない。直之進はおくめという女中を見つめ、さっそくきいた。

「ここはよく番所の人が来るそうだが、おぬし、樺山富士太郎という人を知っているか」

「はい、存じています」

おくめがうなずく。

「ちょっと体つきがくねくねされていますけど、とても親切なお方ですから。私どものような者にも気さくにお声をかけてくださいます」

そのあたりは、いかにも心やさしい富士太郎らしい。

「おとといの晩も来ただろう。そのとき樺山どのにおかしなところがなかったか」

「ああ、そういえば、樺山の旦那にしては珍しくおはやく酔われてしまったようですね。座敷の隅で、おやすみになっているのを拝見しました」

「いつも樺山どのは、そうはたやすく酔わぬのだな」

「はい、以前はもっとお飲みになっていましたけれど、それでも酔い潰れられることはなかったように覚えています」

珠吉からは、おとといは捕物があったようなことはなく、平穏だったときいている。特に忙しかったということもなく、ひどく気をつかったこともなく、富士太郎の体調がすぐれなかったということもなかったとのことだ。

だから泥酔するような条件がそろっていたわけではない。

「おととい、寄合の席でおかしなことが起きはしなかったか」

直之進はさらにたずねた。

「おかしなことですか」

「起きていなくても、たとえば妙に感じたり、不思議に思ったりしたようなことはなかったか」

「そうですねえ」

おくめが思いだすように首をひねる。

「ああ、ございました」

「なにかな」

勢いこみそうになる気持ちを、直之進は抑えこんだ。隣で珠吉も同じ表情をしている。和四郎はおとなしく背後に控えているが、きっと同じ思いなのではないか。

「ええ、私たちは三人で番所の方たちのお世話をさせていただいていたのですけど、一人、見慣れない女が入りこんでいたんです」

「見慣れない女？」

「ええ、私たちと同じ着物をまとって、いかにもこの店で働いているという顔をしていたんですけど、私ははじめて見る顔で、新しく入った人なのかな、と思っていました。それにしては誰からも紹介されませんでしたし、挨拶もありませんでしたし、不思議な感じがしました。厨房と座敷を忙しく往き来しているあいだに、その女はいなくなっていました。寄合がおひらきになったあと、私は他の二人にきいたのですけど、その二人もその女が誰か、知りませんでした」

「そうか。樺山どのとその女だが、なにか話しているように見えたか」

直之進は問いを続けた。

「お酌をしているのはちらりと見ました」

「そうか。——樺山どのだが、そのあとすぐに酔い潰れてしまったのか」

「はい、そうだと思います」

「樺山どのはその後半刻ほどで目覚めたらしいのだが、まちがいないかな」

「はい、まちがいありません」

おくめが断言する。

「ふらふらされていて、しきりに頭が痛いとおっしゃっていました。他のお方が送っていこうといわれていましたが、まだ刻限がはやいから悪いですよ、と樺山さまはおっしゃって一人で帰っていかれました。そんなに飲まれていないせいか、意外にしゃきっとされていたので、他のお方たちも、それならいいかというふうにお思いになったみたいです」

直之進はその女の人相を詳しくきいた。

「私と同じか、少し若いくらいだったと思います。なかなかきれいだったような気もしますけど、そんなにまじまじと見たわけではなかったものですから」

「なにかその女に特徴はなかったかな。目立つほくろがあったとか」

おくめは首をかしげ、顔をしかめて思いだしてくれている。

「すみません、これといった特徴はなかったものと」

「そうか。一緒に働いているあとの二人にも、その女のことをきいておいてくれないか」

「はい、承知いたしました」

ほかにおくめが思いだすことはなく、直之進たちは隆泉をあとにした。

筋違御門のほうまで行き、その近くの茶店に入った。

「湯瀬さま、今のおくめという女中の話、どう思われました」

茶と饅頭を注文して、和四郎がたずねる。

「和四郎どのも俺と同じだと思うが、怪しいのは、女中と同じなりをしたその女だな」

「何者ですかね」

珠吉がきく。

「わからんが、俺はその女に富士太郎さんは薬でも盛られたのではないかと思う」

「手前も同様です」

和四郎が同意してみせる。

「おそらくは、そんなに強い毒ではないのでしょう。気分を悪くさせ、酔い潰れたように見せかけるだけの薬ですね。その女の人相がはっきりすれば捜しようがあるんでしょうけど、おくめさんの言だけではちとつらいものがありますね」

「そうだな」

直之進は顎を深く引いた。

「となると、調べるべきは一人で隆泉を出た富士太郎さんが、そのあとどうしたかということだな」

「あっしもそう思います」

珠吉が強い口調でいった。

「隆泉を出たあと、旦那が黒羽織を着たままだったのは、はっきりしています。いくら夜だといっても、やはり町方同心というのは目立ちますから、足取りを追うのはさほどむずかしいことではないように思います」

「俺もそう思う」

直之進は、運ばれてきた茶を喫した。饅頭もほおばった。あまり甘くはないが、餡が上質で、口のなかでとろけるようだ。疲れが一気に取れるような気分になる。

和四郎と珠吉は黙々と食べている。

「一つはっきりしたのは――」

直之進は湯飲みを置いて、二人にいった。

「富士太郎さんは、はめられたということなのだろうな」

第二章

一

野駆けを終えたばかりの馬のように、米田屋光右衛門の息は荒い。

「おいおい、本当に大丈夫か」

枕元に座りこんでいる平川琢ノ介は顔をのぞきこんだ。

「本当にこのまま死んじまうなんてこと、ないだろうな」

呼吸の荒さだけでなく、いつもつやつやとした血色のよさを誇る光右衛門とは思えないほど顔色も悪い。死人といっても決して大仰《おおぎょう》ではなく、今にも息を引き取ってもおかしくないように見える。

夜具に仰向けに寝ている光右衛門が、顔をしかめた。

「平川さまは相変わらずですなあ」

苦しげな息とともに言葉をだす。

「相変わらずってなにが」

「そのお口の悪さですよ」

「わしはそんなに口が悪いか」

「決まってるじゃないですか。手前のこと、死んじまうんじゃないかって」

塚ノ介は笑みを見せた。

「案ずるな、冗談ではないか。おぬしを元気づけようとしただけだ」

「死ぬとかいわれて、元気づくわけ、ありませんよ」

「そうかな。おぬしは天《あま》の邪鬼《じゃく》だから、死ぬとか耳にすれば、すぐに元気になると思ったんだがなあ」

光右衛門がむすっとする。

「手前は、天の邪鬼などではありませんよ。これまでずっと人さまのいわれるまま、素直に生きてきました」

「そうか。まあ、そういうことにしておこうか」

光右衛門が疲れたように目を閉じる。

「おっ、寝るか」

「いえ、まだ眠くはありませんよ」

光右衛門が心配そうな視線を当ててきた。

「なんだ、その目は？」

「平川さま、ここにいらしてよいのですか」

「どうして」

いってすぐに見当がついた。

「富士太郎のことか」

「ええ、さようです。なんでも、樺山の旦那はたいへんなことになっているとききましたよ」

おきくかおれん、もしくはおあきあたりからきかされたのだろう。

「うむ、人を殺したらしい」

光右衛門が目を大きく見ひらく。

「まさか、そんなことあるものですか。樺山の旦那は人を殺せるようなお方ではありませんよ」

「わしもそう思う」

琢ノ介は逆らわなかった。実際、そう信じている。

「湯瀬さまは、樺山の旦那の濡衣《ぬれぎぬ》を晴らそうと奔走されているとききました」

「あいつは、富士太郎に惚れられているからな、必死にならざるを得んだろう」

「いえ、そういうことではないでしょう。やはり湯瀬さまは心がお熱いんです」

「わしは心が冷たいみたいないい方だな」

「冷たいとは申しませんが、樺山の旦那の苦境を救ってあげたほうがいいような気がします」

琢ノ介は腕組みをした。

「救ってやりたいのは山々だが、わしはあまり探索の力がないのでな。直之進には珠吉と和四郎がついている。それで十分だろう」

光右衛門がじっと見ている。瞳に哀れみの色が浮かんでいる。

光右衛門がなにを考えているか、よくわかった。

「うむ、そういうことだ」

琢ノ介は光右衛門にうなずいてみせた。

「わしは怖いんだよ」

「やはり、弥五郎《やごろう》さんを失ったことがこたえているんですか」

「うん」

琢ノ介は素直に答えた。

中西悦之進たちを土崎周蔵に殺され、琢ノ介は中西道場の門人だった弥五郎という男とともに仇討のための探索をはじめた。

弥五郎は中西道場きっての遣《つか》い手《て》といっていいほどの腕で、その若さもあってあと数年もすれば琢ノ介すら凌駕する腕前になるだろうと見こまれていた石工《いしく》だった。

もっとも、琢ノ介と弥五郎が一緒になって周蔵と戦ったところで勝ち目がないことははっきりしており、琢ノ介たちは周蔵の居どころを見つけることに専念したのだ。

しかし、中西道場の後始末で琢ノ介が探索できなくなった、とある日、弥五郎は専門の庭石のことで手がかりを見つけたらしく、単身、周蔵のもとに乗りこんでいってしまったようなのだ。

そして翌日、死骸で見つかった。

その知らせをきいたときの衝撃を、琢ノ介はいまだに忘れることができない。死を知らされた直後は、それでもまだなにかのまちがいではないか、という気持ちがどこかにあったが、仏となった弥五郎を目の当たりにしたときは、まさに腰から下がなくなってしまったような感じだった。

気づいたら、地面にへたりこんでいたのだ。

弥五郎の葬儀のときは、申しわけなさで一杯だった。わしが誘わなければ、と何度も思ったものだ。

ときを戻すことができればと、あのときほど痛切に願ったことはなかった。

「さようでしたか」

光右衛門が起きあがろうとする。

「謝らずともよい。やめておけ」

琢ノ介は押しとどめた。光右衛門は横になった。

「手前、平川さまのお気持ちも考えず、無礼なことを申しあげてしまいました。どうかお許しください」

「おぬしは無礼なことなどいってないさ。気にするな」

「でも……」

「いいんだ。米田屋、寝たらどうだ。風邪はよくいうが、本当に寝ている以外治す手立てはないぞ」

「でも平川さま、手前はもう五日以上横になっているんですよ。正直、もう眠くありません」

「だが、まだよくなっておらんからな。寝ているしかないんだ。眠れ」

琢ノ介は光右衛門の両目をぐいと指で押さえた。

「や、やめてください」

光右衛門があらがう。

「痛いですよ」

「おう、すまん、すまん」

琢ノ介は手を離した。光右衛門の顔をじっと見る。

「すまんな、おぬし、今ので目が細くなったのではないか」

光右衛門が口をとがらせる。

「わるうございましたな。もともと細いんでございますよ」

「ああ、そうだった」

琢ノ介は顎をなでた。弥五郎の一件などで少し肉が落ちたような気がするが、わずかに戻ってきたような感じもある。

「米田屋、本当に寝てくれ。店のほうは心配するな。口入屋というといろいろな者が出入りする店で、女ばかりだと不安もあるかもしれんが、わしが手伝うゆえにな」

　光右衛門が目をむく。

「平川さまがですか」

「なんだ、不満か」

「いえ、そのようなことはございません。とにかく、お手やわらかにお願いいたしますよ」

「まかせておけ」

　琢ノ介は胸を叩いた。

「おきくたちにいやらしい真似など一切せん。祥吉もいるから、下手なことはできんしな」

「いえ、そうではなくて、店に来る人を殴りつけたりなさらぬように、と思っているのですよ」

「馬鹿を申せ。わしがそのような真似をするわけなかろう」

　それでも不安そうな眼差しを向けてくる光右衛門から逃れるように、琢ノ介は部屋を出た。障子を閉める際、ちらりと見たが、光右衛門は目を閉じようとしていた。

それでよい。

琢ノ介は廊下を歩いた。すぐに店とのあいだにかかっている暖簾にぶつかった。それを静かに払う。

せまい板敷きの間があり、その向こうは土間が広がっている。土間に客の姿はなく、板敷きの間に設けられた店囲いのなかに、女が一人座っていた。行灯の明かりを頼りに、帳面に筆を走らせている。

「おあきさん」

琢ノ介は呼びかけた。

おあきがすっと顔をあげる。その仕草が妙に美しい。

いいなあ、おあきさんは。

前は甚八という男の女房だったから眉を落としていたが、今はしていない。そのために娘のような若々しさが感じられた。

もっとも、おあきはそんなに歳はいっていない。おきく、おれんの姉妹が十七だから、せいぜい二十二、三だろう。

「ああ、平川さま」

おあきが微笑する。行灯のやわらかな光に照らされて、神々しく見える。琢ノ介はどきりとして、言葉を失った。

「どうされました」

おあきが首をかしげてきく。

琢ノ介は我に返った。

「いや、なんでもない。おきくやおれんはどうしたのかな、姿が見えぬが」

「あの二人は、買い物に出ています。平川さんが来てくださったんで、おいしいものをご馳走しようって」

「そいつはありがたい」

琢ノ介は心からいった。

「わしはいつも腹を空かせているし、あの二人の包丁の巧みさはよくわかっている。今から夕餉が楽しみでならんな」

「私も楽しみです。おとっつぁんや妹たち、祥吉と一緒の食事も楽しいですけど、平川さまがいてくださるのなら、なおさらです」

おあきは建前などではなく、本音を吐露しているように思える。琢ノ介の胸は躍った。

咳払いし、心を落ち着ける。

「祥吉はどうしたのかな」

「ああ、あの子でしたら、近所の子供たちと遊んでいますよ」

「ああ、そうなのか。よかったなあ、元気になって」

「ありがとうございます」

おあきが頭を下げる。

「平川さまがいろいろと元気づけてくれたおかげです」

琢ノ介は手を振った。

「とんでもない。わしはなにもしとらんよ」

「いえ、平川さまがあの子に気軽に声をかけてくださらなかったら、きっとあの子はずっと貝のままでしたでしょう」

「そういうこともあるまいが」

とにかく、とおあきがいった。

「私は深く平川さまに感謝しております」

おあきが深々とお辞儀した。そのために胸元が見えそうになり、琢ノ介は動揺した。

「ちと店の前の掃除でもしてくるかな」

土間に立てかけてある箒《ほうき》を手に道に出た。

いや、まいったな。

白い胸元が、脳裏にくっきりと刻みこまれている。おあきは肉づきがいいほうではなく、むしろやせているが、胸はかなり豊かだった。

予期していなかったものを見た気分で、琢ノ介はなんとなく落ち着かない。わしだって、妻帯していたことがあるんだぞ。それなのに、こんなに落ち着かなくなっちまうなんて。

脳裏に、目にしたばかりの胸元がちらちらと浮かぶ。

こんなことではいかんぞ。掃除に集中するか。

琢ノ介は腕に力をこめて、道を掃きはじめた。それほど土埃が立たないのは、大気にやや湿り気があるからだろう。

空は雲に覆われているが、そんなに厚い雲ではなく、太陽は丸い影となってその位置がわかる。風が少しあり、高いところにいる雲はじっと滞っているように見えるが、低い雲は風に追われるようにはやく動いている。

「琢ノ介のおじさん」

横合いから呼ばれた。見ると、祥吉が一人で立っていた。

「おう、遊びに行っていたのか」

「うん。友達と鬼ごっこやかくれんぼしてきたんだ」

祥吉は明るい顔をしている。それは父親の甚八を失ったときには感じられなかったもので、おあきがいうように本当に元気を取り戻してきているのだ。

やはり友達というのはいいものだな。わしにはやはり直之進だろうな。

弥五郎とも、ずっとつき合っていきたかった。侍と町人というちがいはあれども、きっといい仲間になれたにちがいない。

弥五郎の仇は、直之進が討ってくれた。

だが、まだ黒幕がいるのは確実だ。そこまで進まないと弥五郎の仇を討ったということにはならないだろう。

そのために力を貸したいが、わしにどれだけのことができるものか。腕はさほどのことはない。だから、直之進たちの力になることなど、ろくにできそうにない。

わしはなにも取り柄がないなあ。

ため息が出そうになる。

「琢ノ介のおじさん、どうしたの」

祥吉が見あげている。愛らしい瞳をしており、それがおあきのそれと重なった。

あまりのかわいさに抱き寄せ、ほおずりしたくなる。

実際、そうしようと手をのばした。だが、その手は途中でとまった。

琢ノ介は目をあげ、あたりを見まわした。

「どうしたの」

不思議そうに祥吉がきく。

琢ノ介は笑顔をつくった。

「いや、なんでもないよ」

祥吉の手を握る。

「さあ、なかに入ろう。おっかさんが待っているぞ」

祥吉は素直にしたがった。暖簾を払って祥吉の背を押しながら、琢ノ介はさりげなく背後に視線を走らせた。

誰もいない。いや、いないことはなく、多くの人が道を行きかっているが、琢ノ介に注目している者はいない。

勘ちがいだろうか。

自問してみたが、勘ちがいなどではない。

わしは、と思った。さっき確かに誰かに見られていた。

二

一日がたつのははやい。

あきれるほどだな、と直之進は思った。牢に入れられている富士太郎の濡衣を晴らすために動きまわっているが、さしたる手がかりを得られたわけではない。

今日は一日中、曇り空だったが、薄い雲を抜けてくる陽射しはたっぷりとあった。暑いほどではなかったが、いろいろと歩きまわって汗をかいている。湯屋に行きたいが、今のところその暇はないようだ。

直之進は和四郎と珠吉と一緒に小石川御掃除町にいる。この町はもともと公儀の建物などの掃除を担当する者の組屋敷があった町で、実際に今も組屋敷はあるのだが、ほとんどの敷地には町屋が建っており、町地といってもまったく差し支えないところだ。

そろそろ日が暮れようとしており、町は薄闇の衣をまとおうとしている。その衣はさらに闇色を濃くしつつあり、行きかう人たちから顔色を奪おうとしている。すでに多くの町屋に明かりが灯っており、提灯を持つ者も少なくない。

直之進たちは一軒の煮売り酒屋にいる。この煮売り酒屋は店先に長床几《ながしょうぎ》をいくつかだしていて、その一つに腰をおろしているのだ。酒と肴は頼んであるが、三人ともさほど飲んでいない。

直之進たちが見つめているのは、はす向かいにある茶屋だ。そこには大きな提灯が掲げられ、店の前を明るく照らしている。

茶屋といってもふつうの茶屋ではない。陰間茶屋だ。

直之進が住んでいた駿州沼里には陰間などおらず、江戸に来てはじめてそういう者がいることを知った。

陰間というのは男娼のことをいうが、直之進はてっきり暇を持てあました女たちが陰間を買いに来るものだと考えていた。実際にそういう女もいるようだが、客の多くは僧侶のようだ。

僧侶は妻帯が許されている浄土真宗以外、女と通じれば女犯《にょぼん》ということになってしまうから、露見すれば幕府から重い処分をくだされる。

男を相手にする分には法度《はっと》とならない。ゆえに、陰間を買いに来るしかないのだろう。

そういう僧侶は、むしろまじめなのではないかと思える。法度など無視する僧侶は妾《めかけ》を囲ったり、檀家の後家と関係を持ったりするらしいからだ。後家ならまだしも、娘に手をだす者もいるときいたことがある。

陰間茶屋は昼間からかなりの盛況ぶりを見せていたが、こうして夜のとばりがおりてきてからも客足はほとんど落ちない。

直之進にとって衝撃だったのは、陰間という者が女の格好をしていることだった。

もともと陰間というのは役者修業をしている十二、三歳から十七、八歳の美しい顔立ちをしている者しかなれないと和四郎からきかされたから、女形の姿をしている意味はわかったが、見れば見るほど女にしか思えないのには心の底から驚かされた。

女以上に美しい者がおり、あれなら僧侶ならずとも気持ちを動かされる者がいても決して不思議ではなかった。

しかも、役者は上方からくだってくる者が重宝されるらしいから、陰間も上方言葉を話しているそうだ。これは上方の出でなくとも、習うことでしゃべれるようにするのだそうだ。

陰間茶屋は役者小屋が多い日本橋の芳町《よしちょう》にほとんどがかたまっているそうだが、ここ小石川御掃除町にも一軒だけあるのだ。

名は千両屋《せんりょうや》という。芳町の陰間茶屋で遊ぶのは相当の金が必要らしく、吉原で最高の遊女といい勝負だそうだが、ここではそれほど金がかかるものではないそうだ。

それは、千両屋の陰間は役者崩れといっていい者ばかりらしく、芳町から流れてきた者がほとんどだからのようだ。しかも二十歳を超える者が少なくないのも、安くなっている理由らしかった。

それでも、一刻半で優に二朱はかかるというから、仮に直之進が陰間買いをしようとしても、気兼ねなく遊ぶというわけには到底いかない。

「珠吉、殺された陰間が、ここで働いていたというのはまちがいないんだな」

直之進は珠吉に確かめた。

「ええ、そいつはまちがいございません。樺山の旦那は牢につながれたままですが、無実を信じている方も番所内には多いんです。そのうちの一人の方に耳打ちしていただきましたから」

奉行所にそういう者がいるのはとても心強い。ありがたいな、と直之進は心から思う。

その奉行所の者によると、数日前から富士太郎にまとわりついていた陰間がおり、名は朱鷺助ということだ。

朱鷺助が富士太郎にまとわりつきはじめたきっかけは、朱鷺助がやくざ者に絡まれているところを救ったかららしい。それは富士太郎が非番のときの話で、珠吉はそんなことがあったのは知らなかったという。

「ただ、陰間みたいな男にまとわりつかれて迷惑しているんだよ、みたいなことはいっていましたね。そのときはうっかりきき流してしまったんですけど」

珠吉がすまなさそうにいった。

「それで、死んだ朱鷺助が親しくしていた陰間というのが辰助《たつすけ》というのも、まちがいないんだな」

「ええ、そいつもあるお方から教えていただきました。辰助というのは、番所に運ばれた死骸が朱鷺助であると確かめた者だそうですよ。教えてくださったそのお方も、本当は樺山の旦那のために探索をしたいのだけれど、なんでも、樺山の旦那が犯人としてすでにとらえられてしまっている以上、あからさまな動きはできないんだそうです。上から目をつけられるのは避けたいと、お考えになっているようですね」

　直之進はうなずいた。

「仕方あるまい。町方といえども、役人は役人だ。上役が怖いというのを責めるわけにはゆくまい」

　直之進は、富士太郎はほめられたと確信している。その一端を担ったのが朱鷺助ということでまちがいあるまい。

　朱鷺助と最も親しかったはずの辰助という男に話をきけば、なにかわかるのではないかという期待がある。

　しかし、辰助という陰間はまだ千両屋に姿をあらわしていない。それは昼の七つすぎに確かめてある。

　辰助の居どころを教えてもらえれば、話はたやすいのだが、千両屋では頑として口にしなかった。口にして、いろいろと面倒が起きるのを怖れているにちがいない。

　千両屋の者たちを脅すわけにはいかず、直之進たちとしては引き下がるしかなかった。

「珠吉、辰助の人相書を見せてくれるか」

直之進がいうと、珠吉が懐から取りだし、渡してきた。

手にした直之進は目を落とした。これは、富士太郎の無実を信じている同心が描いてくれたものとのことだ。

その同心は人相書の達者というわけではないから、特徴をうまくとらえているかどうか心許ないものがあるといったそうだが、こうして見つめていると、相当、絵心があるのがわかる。

目鼻立ちがはっきりしているというわけではなく、むしろ両目は細いし、口もがま蛙のようにやや大きい。鼻は高いが、殴られでもしたのか、少しだけ右に曲がっている。

この鼻が辰助を見つける際に、大きな手助けとなるのはまちがいない。だが、陰間としてさほどいい男とは思えないので、そうは客がつかないのではないか。

直之進は千両屋に目を向けた。また一人、僧侶がやってきて暖簾をくぐっていった。

それを追いかけるように女のなりをした男が千両屋の小女の先導を受けて姿をあらわし、慣れた足取りでなかに入っていった。

残念ながら、辰助ではない。

陰間はあの茶屋で客を待っているわけではなく、馴染みの客に呼ばれてどこからか足を運んでくるものらしいのが、昼の七つ頃から千両屋に張りついていて、直之進にもわかってきた。

しかし、これだけ来ないのでは、あまりにときを無駄にしている感がぬぐえない。

直之進は懐を探り、巾着を取りだそうとした。

「湯瀬さま、ここは手前におまかせください」

直之進を制するように和四郎がいった。

「湯瀬さまは、客として辰助を呼ぶおつもりになったのですね。確かに、そのほうが話ははやそうですものね」

和四郎が長床几から立ちあがった。

「ちょっと行ってまいりますよ。辰助を呼んだら、必要なことはすべてきいてまいりますから」

直之進はとめたが、和四郎は小さく笑って歩いていった。千両屋の暖簾を払い、なかに姿を消す。

「本来ならあっしがすべきことなのに、和四郎さんには悪いことをしちまいました」

珠吉が唇を嚙んでいる。

「だが、行ってしまったものはどうしようもない。ここで待とう」

千両屋はぐるりを塀がめぐっているが、その右手に設けられた小さな門がひらき、小女が路地に出てきた。提灯を持ち、急ぎ足で路地を向こう側に去るのが見えた。

「どうやら辰助を呼びに行ったようですね」

珠吉が、遠ざかってゆく提灯の明かりを見つめていった。

「あれをつければ、辰助の住みかはわかりますけどね」

「そうだな。だが、ここは和四郎どのにまかせるしかなかろう」

小女は、空に浮かぶ月が小さな雲に三度出たり入ったりを繰り返した頃、戻ってきた。一人の陰間を連れている。

「来ましたね」

声をひそめて珠吉がいう。

「まちがいないな、辰助だ」

直之進もささやくように口にした。提灯に照らされた陰間の顔は、ほぼ人相書通りだ。

辰助は、小女とともに千両屋に足を踏み入れた。すでに女の格好をしている。化粧をしているから、そこそこ美しく見えた。

「しかしまるで別人だな」

「まったくですよ。和四郎さん、本当に買ったわけではありませんよね」

珠吉がきいてきた。

「それはなかろう」

直之進は笑っていった。

「和四郎どのは独り身らしいが、今回はあくまで探索のためさ」

「そうですよねえ」

男娼を買う者は江戸ではなんら珍しくないが、珠吉の場合、富士太郎がそうであるのも手伝って、やや嫌悪の気持ちがあるようだ。

和四郎は四半刻もかからずに千両屋を出てきた。身なりは店に入っていったときと、まったく変わらない。

辰助が和四郎のあとに続くようにして出てきた。怒ったような顔をしている。

どうやらと直之進は思った。和四郎から金をもらって話をきかれただけということに、本人は誇りを傷つけられたと感じているようだ。

辰助が路地に姿を消し、和四郎は直之進たちのもとに戻ってきた。

「お待たせしました」

一礼して煮売り酒屋の長床几に腰かける。

「さすがに気疲れしました。一杯、もらってもよろしいですか」

「ああ、やってくれ」

直之進は、小女に新たな酒を注文した。すぐに運ばれてきたちろりの酒を和四郎の杯に満たす。

和四郎は一気に干した。

「ああ、うまい」

喉を鳴らすようにいう。

「どうでしたかい」

待ちきれないように珠吉がきく。

「ええ、話はちゃんときけました。やはりといったところですね」

和四郎が杯を置いた。語りだす。

「殺された朱鷺助は、千両屋のなかではそこそこの売れっ子の陰間だったようで、金に困るようなことはなかったらしいんですが、このところ特に羽振りがよかったようです。誰かから金をもらっていたのはまちがいないようですね」

和四郎が杯を手にしたから、直之進はちろりから酒を注いだ。

ありがとうございます、と和四郎が頭を下げる。

「その金は、まちがいなく富士太郎さんに近づくことへの報酬でしょうね」

三

ほくほく顔は夜になっても変わらない。

昼間から、佐之助はずっと奈良蔵のことを見続けてきた。

料永のあるじだった利八のことを、さほど知っているわけではない。

だが、千勢が奉公していた店のあるじだけに、何度か顔は見かけたことがある。聡明そうな瞳が頭に残っている。

奈良蔵は利八の弟とは思えないほど、いぎたない顔をしている。人としての矜持というものが感じられないのだ。

金のためならなんでもするという男に見えた。殺し屋をしている自分もまさにそういう男なのだが、あんなに意地汚い表情をしているのだろうか。

もしそうなら、やはり殺し屋などやめるべきだろう。

今はもう看板をおろしたも同然の状況だ。これでいい、と佐之助は思っている。

殺し屋など長く続けられる仕事ではない。誰の紐つきでもないし、いい機会だろう。

しかし、殺し屋として培ったものは実際に役立っている。

奈良蔵のそばに張りついているときも見張っていることを決して覚られることはないし、こうして家に忍びこんでいるときも気配を漏らすことはない。

こんなことは貧乏御家人だったとき、できる芸当ではなかった。殺し屋として必要となり、会得した技だ。

実家が兄の不始末で取り潰しになり、食うのに困ったとき、恵太郎《けいたろう》が殺し屋の話を持ってきたのには正直、驚いた。

だが、どうしてか実際にやりはじめたときにはどこか性に合っているのを感じたものだ。天職かもしれぬとすら思ったこともあった。

しかし、あれも結局は勘ちがいにすぎなかったというわけだ。

そろそろいいか。

佐之助は天井裏にひそみ、真下で眠っている奈良蔵を見ていたのだ。行灯はとうに消され、部屋は暗いが、夜目は利《き》く。これも殺し屋となってから手に入れたものだ。

奈良蔵は若い女と寝ている。女は女房ではない。妾だ。六十をとうにすぎているというのに、やるものだ。

奈良蔵は数年前、女房と死別したようだ。以来、独り身を通してきたが、料永を売り払ったおかげで妾を持てる身分となったというわけだ。

二人とも掻巻《かいまき》を着て、熟睡している。奈良蔵は、意外にもいびきはほとんどかいていない。ときおり歯ぎしりするくらいで、これなら隣の女も眠りやすいだろう。その証か、女は穏やかな寝息を立てている。

佐之助は天井板をはずし、畳に音もなく降り立った。

女のみぞおちに掻巻の上から拳を入れる。やわらかな感触が伝わり、女が気絶した。

奈良蔵はまったく気づかず、ひたすら眠りをむさぼっている。

「起きろ」

体を揺さぶった。

はっと奈良蔵は体をかたくし、目を大きく見ひらいた。今のが夢なのか確かめるように瞳を左右に動かしている。目は闇には慣れているはずだが、佐之助をとらえてはいない。

しかし年寄りだけにさすがに目覚めはいいようだ。

「ききたいことがある」

佐之助は低い声を発した。

「だ、誰だ」

奈良蔵は体を震わせている。歯が小刻みに鳴っている。

「押しこみなどではない。安心しろ。これからきくことにしっかりと答えれば、なにごともなく朝を迎えられる」

「おちよはどうした」

「妾か。隣で眠っている」

「ききたいことというと？」

それなりに太い神経の持ち主のようで、もうだいぶ落ち着いてきている。

「きさまの兄のことだ」

「兄？」

「利八のことだ」

「兄は死んだぞ」

「知っている。どうして利八は殺されたと、きさまは思っている」

「えっ」

奈良蔵はしばらく黙っていた。そんなことは、これまでろくに考えてこなかったという顔つきだ。

「知らない。本当にわからないんだ」

「よかろう」

佐之助は軽く顎を引いた。

「利八はどんな男だった」

意外な言葉をきくという顔になる。

「それをきいてどうするんだ」

「きさまの知ったことではない。答えろ」

奈良蔵は口を閉じた。どういおうか、頭のなかの思いを必死に手繰り寄せているような感じだ。

「子供の頃から賢く、人をまとめるのに長けていた」

「なるほど、店のあるじに適していたか。――きさまらはどこの出だ。なにをしていた」

「わしには兄貴のほかに姉がいるが、もともとは常陸《ひたち》の出だ。二親《ふたおや》は商売をしていた」

「なんの商売だ」

「旅籠だ。水戸街道にあった。なかなか繁盛していた」

「利八は旅籠の跡取りではなかったのか。どうして江戸に出てきた」

「宿場が火事になって旅籠が焼け、二親も死んでしまったからだ」

「地所はどうした」

「顔もよく知らない親類がしゃしゃり出てきて、奪われた」

奈良蔵はお咲希に対し、この親類と同じことをしてみせたことになるのか。

「それはいつのときだ」

「兄貴が十三、四くらいのときだ。わしはまだ小さかった。兄貴は親類に必死にあらがったようだが、結局は無駄だったようだ。あきらめて江戸に出た」

「きさまらも一緒か」

「そうだ。兄貴はわしらを連れてきてくれた」

「利八はなにをはじめた」

「料亭での奉公だ。むろん、追廻しにもなれず、ただの下働きだったが、その料亭には長屋があり、わしらはそこに住むことができた」

「それは幸運だったな」

「もともとその料亭の主人が常陸の者で、故郷に帰るときは、常にうちの旅籠に泊まっていたんだ。兄貴もかわいがられていた」

そういうことか、と佐之助は思った。

「利八はどうやって料永という料亭のあるじになった」

「奉公していた料亭の主人にいろいろ教わったおかげだと思う。主人が病で倒れたとき、兄貴が采配を振るう形で店を守り立てた手腕はすばらしいものだったとわしはあとできいた」

「それで？」

「主人から暖簾わけする形で、独り立ちを果たしたんだ。それが三十半ばのことだった」

その歳で料亭のあるじになるとは、かなりはやいのではないか。

「最初は料亭とはいえず、せいぜい料理屋といった風情の店だったが、味のよさに加えて客のもてなし方が評判になり、とても繁盛した」

「きさまや姉はそのあいだなにをしていた」

「わしは十二で、飾り職人のところに奉公に出た。手先が器用だったから。これでも長続きしたんだ。三十年以上はやったな。——姉は水茶屋に奉公に出ていた。そこの主人に見初《みそ》められて妾になった」

この男が飾り職人だったとはまったく思わなかった。こつこつとした細かい仕事に向いているように見えない。長いことやったといったが、結局うだつはあがらなかったのだろう。

「利八は汚い真似をして、客を獲得するようなことはなかったのだな」

「当たり前だ」

奈良蔵が語気を強める。まるで兄の誇りをけがすなとでもいいたげだ。

「兄貴はそんなことをするような男ではない」

「それなのに、きさまは料永を利八の孫から奪ったな」

「奪ったわけではない」

奈良蔵が必死の面持ちでいい募る。

「売ってくれるように頼まれたから、売ったにすぎないんだ。それに、あれが一番いい手立てに思えたんだ。売った金のうち、少なくない額を孫には渡してもある」

なにか妙だ、とそのとき佐之助は直感した。

「売るように頼んできたのは誰だ」

「今、料永を営んでいる者だ。料永は名を変えているが、居抜きで売ったから、すぐに店ははじめられたはずだ。今は夢坂《ゆめざか》という店になっている」

「名は？」

「虎子造《こしぞう》という人だ」

「何者だ」

「よくは知らない。兄貴が殺されてしばらくたってから、店を売ってくれるようにいってきたんだ」

「いくらで売った」

奈良蔵はさすがにためらいを見せた。

「いうんだ」

脅すようにうながすと、ようやく口をひらいた。

「二千両だ」

ほう、と佐之助は心のなかで感嘆の声をあげた。料永は確かに繁盛していた。建物は大きく、客筋もよかった。

料亭の相場というものがどのくらいか知らないが、二千両というのはいくらなんでも高いのではないかという気がしてならない。

「二千両という額は妥当か」

佐之助は奈良蔵に確かめた。

「正直、高すぎるのではないかと思った。でも、高く買ってくれることにはありがたさしか覚えなかった」

虎子造か、と佐之助は思った。興味を惹かれている。

「虎子造はどこにいる」

奈良蔵がかぶりを振る。

「知らない」

佐之助が目を鋭くしたのがわかったか、奈良蔵があわてて言葉を継ぐ。

「本当に知らないんだ」

「金の受け渡しのとき、会ったのだろうが」

「ああ、確かに会った。だが、どこに住んでいるかはきいていない。金を置き、店の証文を受け取るとさっさと帰っていった。虎子造さんのことを知りたかったら、夢坂の者にきいたほうがいい」

そうしよう、と佐之助は心で語りかけた。

「虎子造はどんな男だ」

「どんな男って……」

奈良蔵がいくつかの特徴をあげる。

さほど明確に像を描けたわけでないが、佐之助のなかになんとなく虎子造の顔ができあがった。

「よかろう。これでおしまいだ」

佐之助がいうと、奈良蔵がほっとした。

「これで俺は引きあげるが、今宵の出来ごとはすべて忘れることだ。でないと、俺はきさまの命を奪いに来るかもしれん。きさまの命を取ることなど、蚊を潰すよりたやすい。そいつを忘れるな」

「は、はい」

拳で当身を食らわせると、奈良蔵はうなり声をあげて気を失った。

佐之助はすばやく外に出た。奈良蔵の家から遠ざかる。

利八がどういう者だったか、それについてはわかった。まじめ一筋に商売に生きてきたのだ。

それがどうして殺されなければならなかったのか。

そのことはまだ闇のなかだ。

四

あの男の名は朱鷺助だ。

富士太郎は思った。

昨日、増元半三郎にそのことは告げているが、やはりまちがいではない。

朱鷺助は最近、おいらにずっとまとわりついていた。

知り合ったきっかけは、やくざ者に絡まれていたところを救ってやったことだ。

そのことがよほどうれしかったのか、朱鷺助はつきまとうようになったのだ。

富士太郎の仕事中はやってこなかったが、つとめが終わったときや非番のときなど、よく姿を見せたものだ。

明らかに朱鷺助はおいらに惚れていた。

だが正直、富士太郎はうっとうしかった。

なぜなら、自分が好きなのは直之進だからだ。

しかし、どうして朱鷺助がおいらのそばで殺されていたのか。

はめられたのは紛れもない。

しかし誰がはめるというのか。

それがわからない。

誰かの癇に障るようなことをしたのか。

それならどうしておいらを殺さなかったのか。

町方同心を殺すと、大ごとになるのがわかっているからか。

奉行所の者は仲間が殺されたとなると、ものすごい団結を見せることがある。

その大きな力をもって事件を一気に解決に導き、犯人を獄門に追いこむということが、富士太郎が町廻り同心になってからでも二度ばかりあった。

そういうときの力は正直、舌を巻くほどのものだ。ただの町人が殺されたような事件とは、力の入れ方がちがう。ちがいすぎる。

おいらをおとしいれた犯人は、きっとそれを恐れたんだろうね。

町廻り同心から命ではなく力を奪うにはどうすればいいのかを考えて、こういう挙に出たのではないだろうか。

だが、わからない。それにおいらから力を奪ってどうなるというんだろう。

いくらなんでも、おいらが斬罪に処せられるようなことはないと思う。おいらが殺したように巧みに見せかけているといっても、それが見抜けないほどの間抜けは奉行所内に一人としていないはずだ。

おいらが罠にかかったということは、きっとわかってもらえるよ。

だが、どうしておいらは罠に落とされたのか。

そのことをうまく説明できないと、無実を明かすことにはならない。理由もなしにそんなことはあり得ないからだ。

やはり、一から思いだしてゆくしかないんだろうねえ。

牢のなかで富士太郎はあぐらをかいた。

三日前の晩、仕事が終わってから料亭の隆泉に行ったのはまちがいない。それは前から決まっていた寄合のためだ。

そのとき、どのくらい飲んだのか。
いや、たいして飲んではいない。杯にせいぜい三杯くらいではないか。
そういえば、と富士太郎は思いだした。
隆泉では見かけたことのない女中がいたねえ。
ほかの女中は顔なじみだ。あの女だけはちがった。
あの女の酌で酒を飲んだのは覚えている。だが、そこからの覚えがまったくない。
ということは、あの女に勧められて飲んだあと、きっと酔い潰れてしまったのだろう。
まさか、あの女、おいらに毒を盛ったんじゃないだろうね。
十分に考えられる。いや、もうそれしか考えられない。
あの女は何者だい。おいらに対して害意を持っているのか。
考えられるのは、これまでのおいらが扱った事件でうらみを買ったということだ。
どの事件なのか。
自分が解決した事件というのはまだそんなにはないから、思いだしやすいはずだが、引っかかってくるものは一つとしてない。

　ということは、過去の事件絡みではないということか。

　とにかくだ、と富士太郎は思った。あの女はおいらに毒を盛ったんだ。

　毒自体、たいして強くなかったのはまちがいない。だから、こうしてぴんぴんしていられる。

　朱鷺助の死骸のそばで目覚めたとき、頭がひどく痛かったけれど、あれはふつか酔いのせいではなく、むしろ薬のためだったんじゃないのかな。

　やっぱりおいらを殺すつもりはなかったんだね。やる気になれば、そのときできたはずだからね。

　酔い潰れたあと、おいらはどうしたんだっけね。

　ああ、そうだ。

　気分が悪くなり、これ以上飲めないのがわかって、おいらはみんなに断って隆泉を出たんだ。

　そうだよ。そのあと、どうしたんだったかなあ。

　またもそこから先は濃い霧に隠されてしまっている。

　苛立つねえ。どうして思いだせないんだろう。

しばらく頭を抱えるような思いで考えていたが、脳裏に浮かびあがってくる場面はまったくなかった。

仕方ないねえ。ここはあきらめるしかないよ。そのうちまた思いだすだろうさ。

あぐらをかいているのにも疲れ、富士太郎は横になった。鼻が土間に近づいたこともあるのか、糞尿のくささは耐えきれないものになる。

ああ、いやだ。はやく出たいねえ。

出たらどうしようか。

とにかく母上の味噌汁が飲みたいねえ。

あっ。富士太郎は愕然とした。この牢に入って三日目だが、母のことを思いだしたのははじめてだ。

なんてことだろう。母上に合わせる顔がない。

いったいどれだけ肩身のせまい思いをさせているか。

まさか死を選んではいないだろうね。

口うるさいけれど、気丈な母だ、その心配はいらないだろう。そう信じたい。

これまで自分のことばかり気にし、ようやく母のことに思いが至ったことに、富士太郎はいたたまれないような申しわけなさを覚えた。

五

今日は、なにをお咲希ちゃんに食べてもらおうか。

千勢は魚屋の前で立ちどまった。

お咲希には、ほとんど好き嫌いはない。ただ、魚が少し苦手なようだ。

千勢は魚が大好きだ。故郷の沼里に、魚がいくらでもあがる湊《みなと》があることも、自分を魚好きにした大きな理由だろう。

だが江戸では魚は安くない。長屋までやってきてくれる魚売りはそれほど高くないが、毎日食べられるほどではない。もちろん、沼里でも毎日は食べていなかった。

目の前の鯵《あじ》がとても新鮮でおいしそうだ。これなら刺身でも食べられるだろう。

しかし、お咲希は喜ばないかもしれない。好きでない物を、無理に食べさせることはないだろうか。

だが、子供が健やかに成長してゆくためには、好き嫌いがないほうがまちがいなくいい。

お咲希が本当の子なら、迷いなく鰺を買ってゆくのだが、少しつらそうに食べているのを見るのは、心が痛む。

千勢は魚屋を通りすぎ、八百屋の前に立った。

いろいろな物が置いてある。江戸では、油紙をめぐらせた小屋のなかで炭をおこし、作物の成長をはやめて少しでもはやく市場にだそうとする百姓もいるとのことだが、この八百屋にはその手の蔬菜《そさい》はないようだ。

いいことではないかと思う。やはり食べ物は旬のものを口にしたほうがいい。茄子《なす》が特においしそうだったので、千勢は奮発して五本、買った。笊《ざる》に入れて長屋を目指す。

今日は暑いくらいだ。太陽は、自分の季節がようやくめぐってきたとばかりに強烈な輝きを放っている。きつい陽射しのために、陽炎が立ちのぼり、遠くには逃げ水が見えている。

子供の頃をふと思いだした。逃げ水がなんなのか確かめたくて、何度も追いかけてみたことがある。

虹にも同じことをしたことがある。虹がどこからはじまっているのか、どうしても見たかった。

それであまりに遠くに行きすぎ、帰りが夜になったことがある。

母には叱られたが、理由を話すと、父は笑ってくれた。次からは夕方には戻れるくらいにしなさい、と。

武家にしては、ほとんど堅苦しさがない父だった。奔放に育ててくれたと思う。

ただし、夫を捨てて仇を討ちに江戸へ走ったのは、父のしつけ方とは関係ない。あれは自分のわがままでしかないことは、わかっている。

こういう妻をもらった直之進が気の毒で仕方ない。

千勢ははっとして、まわりを見渡した。とても暑い。特に頭はじかに火にあぶられているかのようだ。

いつしか道の真んなかで立ちどまり、物思いにふけっていた。

千勢は頭を一つ振って、歩を進めだした。

だがまたすぐに立ちどまることになった。

おや。

目を凝らす。

あれは善造《ぜんぞう》さんではないか。

向こう側からゆっくりと歩いてくる。距離は半町ほどだ。

目には自信がある。見まちがいではない。

善造は料永の仕入担当をしていた男だ。米の仕入れ先を利八に無断で替えたことで、きつく叱られていたのを覚えている。

一人ではない。女連れだ。善造は料永にいた頃は独り者だった。姉や妹がいるという話もきかなかった。

ほんの三間ほどまで近づいたところで、善造が千勢に気づいた。

「おっ、お登勢《とせ》さんじゃないか」

うれしそうな声を発した。

登勢というのは、料永に奉公するにあたりつかっていた偽名だ。仇を捜すのに、本名を名乗るよりもいいと思ってのことだ。

千勢はほほえみ、ご無沙汰しています、と挨拶を返した。

善造が相好を崩す。

「本当だね。今も前の長屋に住んでいるんでしょ。その割にはなかなか会わないね。一別以来だ」

善造はずいぶんいい身なりをしている。上質な紫色の小袖は落ち着きがあり、どことなく善造の軽さに合っていない。

「誰、この人」

女が善造に小声できく。赤が強調された小袖を身にまとっていて、それがよく似合う派手な化粧をしているが、やや細い目がつりあがりかけている。

「妬《や》くなって」

善造がにやにや笑う。

「妬いてなんかいないわ。きいただけじゃないの」

「それが妬いてるっていうんだよ。この人は料永に奉公していたとき一緒に働いていた人だよ。お登勢さんというんだ」

「ふーん」

女がまじまじと千勢を見る。

「きれいな人だろう。おまえが妬くのも無理はないけど、この人は身持ちがかたくて、俺なんか相手にしてくれなかったよ」

「そうでしょうね」

女は千勢を馬鹿にしたような目で見た。身持ちばかりかたくて、なんの楽しみも知らない女といわんばかりだ。

「行きましょう」

善造の手を取り、うながす。

「善造さん、今、なにをしているんですか」

千勢はたずねた。

善造がじっと見る。

「興味があるのかい」

「一緒に働いていた人が今なにをしているのか、気にするのは自然なことでしょう」

「そうだね」

善造がうなずいてみせる。

「料永が買い取られたというのは知っているかい」

「ええ」

千勢は言葉少なに答えた。善造は、お咲希が千勢の長屋にいることを知っているのだろうか。

おそらく知っているだろう。利八の姉弟であるお邦や奈良蔵が押しかけてくるなどして、かなりの騒ぎになったのだから。

「今は夢坂って料亭になっているんだ。そこで働いている」

「ああ、そうなんですか」

千勢は善造を見つめた。血色は料永にいたときよりいいし、少し肥えてきてもいるようだ。しかも、妾としか思えない女を連れている。

料永の仕入れ担当だったときは、ここまでの羽振りのよさとはむろん無縁だった。

「新しいお店には、とてもよくしてもらっているようですね。今は、どんなお仕事をしているんですか」

これから仕込みなどで店が忙しくなる刻限に、妾を連れて町をそぞろ歩きするなど、一介《いっかい》の仕入担当のできることではない。

「ああ、とてもよくしてもらっているよ。支配役をさせてもらっているんだ」

「支配役ですか」

千勢は驚いてきき返した。つまり、善造が店のすべてをまかされているということか。

「そうさ。俺が全部を取り仕切っているんだ。やり甲斐があるよ。今から店に向かうところさ」

「ああ、そうだったんですか」

「そうだ。ああ、この女はうちの奉公人なんだよ。おとよというんだ。なかなかいい女だろ。おとよ目当てにやってくる客も少なくないんだよ」

もっとも、と善造はいった。

「お登勢さんほどじゃないけどね。ところでお登勢さんは今、なにをしているんだい」

千勢は、善造の言葉をろくにきいていなかった。どうしてこの人が支配役になれたんだろう。

「お登勢さん、どうしたんだい」

不意に善造の声が頭に流れこんできた感じだった。今、なにをきかれたのだったか。

千勢は顔をあげた。

「いえ、私はまだなにも決まっていません」

「そうかい、お登勢さんほどの人がもったいない。もしうちで働く気があったら、来たらいいよ。お登勢さんなら、みんな歓迎だよ」

「みんなというと、前に料永で働いていた人が残っているんですか」

「半分くらいかな。でもあとの半分もいい者がそろっているから、お登勢さんとは気が合うと思うよ」

「そうですか」

千勢は善造を見た。どうしてこの人がそんなに重用《ちょうよう》されているのか、理由がさっぱりわからない。

仕事ができない人ではないが、いきなり料亭の支配役をまかされるほどの器量ではない。

「じゃあ、お登勢さん、これで」

頭を申しわけ程度に下げて、善造が歩きだす。おとよという女も続く。

「あの人、うちには向いてないわよ」

きこえよがしのおとよの声が耳に届く。

「あんなに気が強そうな顔してたら、お客がみんな、逃げちゃうでしょ。きれいはきれいなんだから、妾奉公でもすればいいのよ。そっちのほうがよほど似合いよ」

千勢は二人のうしろ姿を見つめた。それにしても、善造のことは気になる。

六

朱鷺助という陰間が富士太郎に近づき、そして殺された。

その死は、富士太郎に殺しの疑いをかけさせ、下手をすると斬罪に追いこみかねない重みを持っている。

何者かに罠にはめられたにすぎない。

富士太郎の無実を確信している直之進は、まさか死を与えられることはあるまいと思っているが、奉行所の者たちの調べがどのくらい進んでいるか、まったく漏れてこないのが気を焦らせる。

珠吉によれば、富士太郎の無実を信じている者は数多くいるようだが、その者たちは表立っての探索ができないとのことだ。

それでは信じていないも同然だろう。

となれば、俺たちが富士太郎さんを救うしかない。直之進は決意を新たにしている。

その手立てとしては、料亭の隆泉で富士太郎に薬入りの酒を飲ませたと思える女をつかまえるというのが一つだが、今のところ、人相書すらもできていない。

女の筋は、あきらめるしか道はないかもしれない。おそらく、顔を覚えられるようなしくじりも犯していまい。むしろ、覚えられないようにするために、控えめな動きを取っていたにちがいない。

女の筋は捨てるとして、ほかにどういう手立てが考えられるか。

今、直之進は和四郎と珠吉とともに一軒の蕎麦屋に入っている。ここの二階座敷で、どういう方策をとるべきか、蕎麦切りをすすりながら考えをめぐらせているところだ。

「しかし和四郎どの、申しわけないな」

直之進は頭を下げた。

「湯瀬さま、どうしてそのような真似をされるのです」

和四郎が意外そうにきく。

「いや、和四郎どのの本業は登兵衛どのの配下として、安売りの米の出どころを調べることだ。それがまったくできていない上に、富士太郎さんの濡衣を晴らす探索の手伝いまでさせてしまっている」

同じように感じているらしい珠吉も、神妙にこうべを垂れた。

「珠吉さんも顔をあげてください。そんなことをする必要はありませんから」

和四郎が珠吉の手を取るようにした。

「手前が樺山さまの濡衣を晴らすお手伝いをさせていただいているのは、樺山さまがいつもお世話になっている湯瀬さまの友であることが一番大きいのは事実です」

「うん」

直之進は相づちを打った。

「しかし、それだけが理由ではありません」

「というと？」

「ええ。手前は樺山さまが罠におちいったのは、手前どもが関わっていることと無縁ではないのではないか、と考えているのです」

「どういうこってす」

珠吉が興味津々という顔できく。

「それですけど、樺山さまも安売りの米について関心を抱いてくださっていましたね。それに、土崎周蔵の居どころを突きとめる際にも、いろいろとご尽力くださいました。そういうもろもろのことがこたびのことに関係しているのではないか、と手前は思っているのです」

「そういうことか」

直之進は顎に手を当てて考えこんだ。

「しかし、まさか周蔵を討つ手伝いをしたから、富士太郎さんが罠におとしいれられたというのは俺には考えにくい。それなら、周蔵を殺した俺に刃が向かなければおかしい。富士太郎さんをおとしいれたからといって、無実であるのはいつかはわかる。すぐにまた町方同心として働きはじめるはずだ」

「そうですね。手前もそう思います」

和四郎は逆らわない。

「樺山さまは、手前どもが調べていることに関して、なにかつかんだのではありませんか。そのことをきらった何者か、あるいは周蔵の上に位置する者かもしれませんが、その何者かは樺山さまを罠にはめ、しばらくのあいだ探索の場から離れさせた。あわよくば、死を与えられればいいと考えたのではありませんか」

「なるほど」

直之進は珠吉を見つめた。

「最近、富士太郎さんは安売りの米に関し、なにかつかんだことがあったか」

珠吉が下を向き、畳を見つめるような視線を送る。

「いえ、そのようなことはなにも話してはいません」

「それでしたら、なにかおかしいなと思われたことや、興味を持たれたようなことはありませんか」

これは和四郎がきいた。

「もちろん、それは事柄でなくてもかまいません。樺山さまにとって胡散臭げな者がいるとか、そういうことでもよろしいでしょう」

「それでしたら」

珠吉が瞳を輝かせていった。

「一人います」

「誰です」

和四郎が身を乗りだす。直之進も知らず同じ姿勢を取っていた。

「金貸しです。名は緒加屋《おかや》といいます」

緒加屋という金貸しは、深川北森下町にあった。

それにしても深川にはじめて来たのはいつだったか。おそらくまだ沼里の主家に仕えていたとき、参勤交代で江戸にやってきたときだろう。

暇を潰すために江戸見物の一環としてやってきたのだが、あれは何年前なのか。そんなに前ではないが、とてもなつかしい気持ちに包まれる。

そういえば、と直之進は思いだした。主君の又太郎《またたろう》さまはいつ沼里に旅立たれるのだろう。

父親の誠興《まさおき》さまが危篤の状態とはいえ、いまだに存命だから、その死のあとということになるはずだ。

別に誠興さまの死を願っているわけではないが、又太郎さまにははやく沼里という土地を見てもらいたい。きっと気に入ってもらえると信じている。

「湯瀬さま、いかがですかい」

背後に控えている珠吉にきかれた。

「あの店の気配は？」

直之進たち三人は、緒加屋がよく見える路地に身をひそめている。距離は十間ほど。

珠吉にいわれ、直之進はあらためて店に視線を当てた。

緒加屋はそんなに大きな店ではない。『お力お貸しいたします』という看板が路上に出ている。

その文句に惹きつけられたのか、暖簾を払って入ってゆく者は決して少なくない。一人が出てきてしばらくすると、また一人が入ってゆくような感じで、客がずっと途切れているというようなことはない。

「気配には怪しいところは感じぬな。ただ、ここでは気配を探るのには少し遠いか」

直之進は珠吉に目を向けた。

「富士太郎さんはここまでやってきたといったが、なにか調べたのか」

ええ、と珠吉がうなずく。

「旦那は、あの店から金を借りた者に話をきいていました。どんな金貸しかということをです」

「それで？」

「とても雰囲気がよいようです。貸し渋るということがまったくなく、いつもこころよく貸してくれるそうです。それに、店のなかも明るいので、入りやすいというようなこともいっていましたね」

金貸しというのは、どこもあまりいい評判をきかない。それは貸すときより取り立てのときがことのほか厳しいからだ。

だが、どうやら同じ者が何度も借りに来ているところからして、取り立て自体もそんなにきつくないのではないか。

これは金貸しとしてどうなのか。なにかうしろ暗いことがあるから、そういうふうにしているのではないのか。

「富士太郎さんは、玉島屋《たましまや》の筋から緒加屋にたどりついたとの話だったな」

直之進が住む小日向東古川町からここ深川まで来るあいだ、どういういきさつで緒加屋のことを知ったかを、珠吉からきいた。

玉島屋というのは、中西悦之進たち六人が土崎周蔵に殺される場となった向島の別邸を持つ商家で、呉服を扱っている大店だ。

金に飽かせて別邸を建てさせたのは玉島屋の先代の和右衛門《かずえもん》で、今の当主の儀《ぎ》太郎《たろう》は父親の浪費ぶりにあきれたこともあり、和右衛門の死後は別邸をほとんど利用したことがなかった。

それでも、周蔵となにかのつながりがなければ玉島屋の別邸に悦之進たちが誘いこまれることはなかったはずで、富士太郎たちはそのつながりを調べたのだ。

その道筋において、石工だった弥五郎は別邸の庭に配置された庭石の高価さに気づき、そちらから調べたところ、周蔵に斬殺されたのだ。

和右衛門にはおまきという妾がいたことが富士太郎の調べでわかり、富士太郎は珠吉とともに和右衛門のことをききにおまきの家を訪れた。その際、おまきを妾としている新しい旦那というのが、緒加屋のあるじである増左衛門《ますざえもん》だったのだ。

「そのとき富士太郎さんは緒加屋と初対面だったのだな」

直之進は珠吉に確かめた。

「はい、さようです。それがどうして緒加屋に目をつけたかというと、町廻りの直感というものでしかなかったようです。ただ、緒加屋が気に入らなかった、それだけだと申していました」

「直感か。いかにも富士太郎さんらしいな」

直之進は感じ入った。そういう力があるからこそ、富士太郎は十九の若さながら花形といわれる町廻り同心に抜擢され、しかも罠にかけられたのだろう。

「珠吉、おまきという妾の住まいを知っているか」

「ええ、知っています。本所松倉町だったと思います」

「行ってみたいな」

「ならば湯瀬さま、珠吉さんといらしてください。手前はここで緒加屋を見張っていますから」

和四郎が余裕の表情でいった。

「しかし、もし和四郎どのが襲われたら――」

和四郎が笑う。その笑顔は頼もしさに満ちている。

「大丈夫ですよ。周蔵が生きているのならともかく、あんな冷酷な遣い手はもう出てこないでしょう。仮に出てきたとしても、手前は三十六計逃げるにしかず、ということにさせていただきますよ」

三十六計か、と直之進は思った。これについては沼里にいたとき、私塾で教わったことがある。

古代の唐の国では兵法において三十六の計略が用いられたといわれているが、場合によってはそれだけの数がある計略をつかわずに逃げたほうが策としては上であるということをいっているのだ。

「いや、そうはいっても、俺は和四郎どののそばを離れるわけにはいかん」

万が一というのを、どうしても考えてしまう。もしそんなことになったら、一生後悔することになるだろう。

「でしたら、あっしだけで話をきいてきましょうか」

珠吉が申し出る。

「そうしてくれるか」

「湯瀬さま、なにかきいておくべきことはありますかい」

直之進が一番に知りたいのは、緒加屋増左衛門の人となりだ。それと、どうやっておまきを妾にしたか。さらには、玉島屋の先代の和右衛門と関係がある男なのかどうか。

「承知しました。必ず調べてまいりますよ。——和四郎さんはなにかありますかい」

「そうですね。関係ないとは思いますが、手前はおまきという女のことを突っこんで調べてほしいと思います」

さすがに探索に秀でている男だな、と直之進は思った。目のつけどころがやはりちがう。

では行ってまいりますよ、と珠吉が急ぎ足で去った。あっという間にその姿は見えなくなった。

直之進は和四郎とともに、そのまま緒加屋を張りはじめた。

こうすることでなにが変わるかわからないし、変わるという確信もないが、富士太郎のためになにかしていないと直之進としては落ち着かない気分だ。

それに、富士太郎の直感なら、当たっているのではないかという気がしてならない。

きっと緒加屋は富士太郎に調べられはじめたことに嫌気が差し、富士太郎を罠にはめたのではないだろうか。

七

虎子造か、と佐之助は思った。変わった名だ。これまできいたことがない。何者なのか。

佐之助は畳の上に寝転んで腕枕をし、天井を見つめた。

これまで会ったことのない顔だが、奈良蔵があげた特徴によれば、ふっくらとした頬をしている割に目はとても鋭く、顔は脂ぎり、いかにも仕事ができそうな男に見えたとのことだ。歳は三十前後。

その虎子造に買いあげられて、料永は新しくなり、夢坂という店になったという。奈良蔵は、店の者にきけば虎子造の居場所はわかるだろうといった。おそらくその通りだろう。それにしても、二千両もの金をぽんとだせるというのは、どんな男なのだろう。

佐之助は、まだ夢坂の者に会っていない。その前に千勢に会っておきたくてならない。

最後に会ったのがいつなのか、思いだせないほどだ。

顔が見たくて、もう我慢がきかない。

よし、行こう。

佐之助は立ちあがり、隠れ家を出た。

自身もう、忘れかけているが、佐之助は町方に追われる身だ。

なにしろ殺し屋なのだ。これまでこなした仕事はそれほど多くはないし、この仕事はやめるつもりでいるが、そうしたからといってこれまでしてのけた仕事が帳消しになるわけではない。

これからもずっと町方には追われる。それが一生続くのだ。

だが、俺をとらえられる者など、町方にはいないだろう。

ちらりと樺山富士太郎の顔が思い浮かぶ。

湯瀬に惚れているという風変わりな町廻り同心だが、あの男はけっこう油断ならない。

同心としての手腕というより、勘の鋭さを感じる。どちらかというと、女の直感というべきものだろうか。

もし俺がとらえられるとするなら、あの男が絡んできたときだろう。樺山だけでなく、湯瀬も加わってくるかもしれない。

樺山と湯瀬。この二人の力が最高に発揮されたとき、俺の最期のときがやってくるのかもしれぬ。

しかし、そんなときはおそらくこないだろう。佐之助は鋭く打ち消した。俺がつかまるはずがない。

今はとにかく、千勢のことだけを考えたかった。

四半刻ほど歩き、音羽町四丁目にやってきた。すでにあたりは暗くなりつつある。

千勢は、甚右衛門店《じんえもんだな》という長屋に住んでいる。全部で十六軒の店がある、そこそこ大きな長屋だ。

佐之助は長屋の路地に人けがないのを、木戸をくぐる前に見て取った。

昼間は暑かったが、夕暮れの訪れとともに涼しい風が吹き渡りはじめ、どの店の障子戸も閉まっている。障子戸がきしんでいるだけで、どの店からも人が出てくる気配はない。漏れ落ちる明かりが路地をわびしく照らしだしていた。

右側の四つ目の店にも、明かりは灯っている。佐之助の瞳には、その灯はずいぶんとやさしく見えた。どこか母親を思わせるようなやわらかな光だ。

明かりに誘われる虫のように佐之助は足早に近づいていった。

障子戸を叩くと、澄んだ声が返ってきた。

佐之助の胸は高鳴った。ずっとききたかった声だ。

佐之助は名乗らなかった。そうすることで逆に千勢は路地に立っているのが誰か解するだろう。

障子戸が半分あいた。千勢の顔があらわれる。

「よお」

思いもかけず、ぶっきらぼうな物いいになった。

千勢はほほえんでいる。佐之助がやってきたことを、素直に喜んでいる顔だ。

やってきてよかった。

佐之助は心からほっとした。

「どうぞ」

千勢にいわれ、佐之助は静かに土間に入りこんだ。

見慣れた六畳間だ。真んなかにちょこんとお咲希が座っている。佐之助を認め、立ちあがった。

「おじさん、いらっしゃい」

隣にきこえないようにするかのような、ささやくような声だ。こういう長屋では物音や声は筒抜けといっていい。壁は紙も同然の薄さでしかないからだ。

お咲希は隣の者だけでなく、千勢にも気をつかっているのだ。千勢に男の来客があったことを教えたくないのだろう。子供なりにきっと知恵を働かせているのだ。

「久しぶりだな」

佐之助も小さな声でいった。

「うれしい」

喜色を満面に浮かべ、今にも抱きつきそうな表情だ。その顔を見て、佐之助の心は和《なご》んだ。

「おじさん、いつまでも立ってないで、座ったら」

お咲希にいわれ、そうさせてもらうか、と佐之助はあぐらをかいた。

「食事は終わったのか」

お咲希にきいた。

「うん、さっき。とてもおいしかった」

「なにを食べたんだ」

「茄子の焼いたもの。煮干しを振りかけてお醬油を垂らして、とてもご飯に合ったの」

「そうか、そいつはよかった」

「おじさん、ご飯食べたの？」

「いや、まだだ」

「どうして食べないの」

「どうしてかな」

佐之助は首をひねった。本当にどうして夕餉がまだなのか、わからない。

「食べますか」

千勢にきかれ、佐之助は視線を転じた。

「いいのか」

「もちろんです」

千勢が深くうなずく。

「ご飯も茄子もあります。茄子は焼くだけですから、そんなにときもかかりません」

「おじさん、食べていったら」

佐之助が、夕餉を食べずにいたのは、こころのどこかで千勢の手料理を期待していたからだったのか。

「では、お言葉に甘えようか」

「すごくおいしいよ。おじさん、楽しみにしてていいよ」

「そういわれると、待ち遠しいな」

千勢は笑顔で土間におり、うずめておいた炭を火箸で取りだしている。

やがて茄子の焼ける香ばしいにおいがしはじめた。吸い物らしいにおいも漂ってきた。佐之助は唾がわいた。

「お待たせしました」

千勢が膳を運んできた。のっているのは、飯に茄子を焼いたもの、梅干し、わかめの吸い物だ。

佐之助は千勢とお咲希にいわれるままに箸を取り、食べはじめた。茄子は甘く、醬油と実によく合った。

「うまい」

佐之助は声をあげた。

「そうでしょう」

お咲希は自慢げだ。千勢はうれしそうに笑っている。

不意に、佐之助は幸せを感じた。

なんだろう、これは。

ずっと昔に味わったものだ。まだ子供の頃のことだろう。

なつかしい空気だ。ずっとこうしていたい衝動に駆られる。

今はそれでよかろう。気持ちに素直になるべきだ。

思いもかけないことに戸惑ったのは事実だが、佐之助は食事を急いで終えようとは思わなかった。このときをもっと長く味わっていたいという思いのほうがまさった。

最後に吸い物を飲み干して、佐之助は箸を置いた。

「うまかった。本当にうまかった」

お咲希と千勢が笑顔を並べている。またも佐之助は幸せな気分に包まれた。

千勢がいれてくれた茶を喫する。甘みのなかに強い苦みが感じられ、そのことが佐之助にここまでやってきた理由を思い起こさせた。

「夢坂という料亭のことは知っているか」

佐之助は声を落として千勢にきいた。お咲希の前ではききにくい事柄だが、席をはずさせるわけにはいかない。仲間はずれにされたと感じ、お咲希は悲しむだろう。

「ええ、存じています」

千勢が静かに答える。

お咲希も料永が夢坂になっていることは知っている様子だ。生まれたときから暮らしていた家だ、見に行ったのかもしれない。佐之助と千勢の顔を、興味深げに交互に見ている。

「虎子造という男は？」

佐之助は問いを続けた。どんな字を当てるかも伝える。

「虎子造さん。いえ、存じません」

千勢だけでなく、お咲希も首を横に振る。佐之助の役に立ちたくてならない顔つきをしている。お咲希は、佐之助が利八の仇討をしようとしていることを知っているのだ。

「何者です」

千勢にきかれて、佐之助は告げた。

「料永を買い取った人……」

千勢が眉根を寄せてうつむく。すぐに顔をあげた。

「今日、ある人に会いました」

千勢が話しはじめ、佐之助は黙って耳を傾けた。

きき終えて、深く顎を引く。

「その善造という男は、料永では一介の仕入担当にすぎなかったのか。しかも、仕入れ先の米屋を替えた男か。おもしろいな」

「おじさん、善造さんのところに行くの？」

お咲希がきいてきた。

「そのつもりだ」

佐之助はお咲希を見た。

「連れていってほしいという顔だな。だが、そいつは駄目だ。俺が善造から話をきいてくる。どんな話をきけたか、必ず話すからおとなしく待っててくれ」

お咲希が、わかりました、と大人びた言葉を返してきた。

茶の残りを飲み干して、佐之助は湯飲みを置いた。

「うまかった。また来る」

佐之助は千勢にいった。

千勢が見つめてくる。潤んだ瞳に見えた。抱き寄せたくなったが、佐之助はかろうじてその気持ちを抑えこんだ。


昨夜の奈良蔵と同じで、妾らしい女と寝ていた。

妾を気絶させ、佐之助は善造を起こした。

「な、なんですか」

善造はすぐに目を覚ましたが、瞳が恐怖に揺れている。

「騒ぐな。害意はない。ききたいことがあるだけだ」

それだけでは善造は落ち着きそうになかったが、押しこみなどではないと辛抱強く佐之助がいいきかせると、ようやく荒かった呼吸が静かになってきた。

「それでいい」

出来の悪い手習子をほめる手習師匠のような気持ちで、佐之助はいった。

「いいか、もう一度いうが、ききたいことがあるだけだ。騒がなければ、きさまはちゃんと朝を迎えられる。わかったか」

「は、はい」

声はわずかに上ずったにすぎない。

「よし、いい返事だ」

佐之助は問いをはじめた。

「きさま、夢坂の支配役をつとめているな」

「は、はい」

「虎子造という男を知っているか」

「はい」

「居どころも知っているか」

「はい。手前のあるじですから」

「どこに住んでいる」

「行くのですか」

佐之助は答えない。黙って善造を見つめているだけだ。

「誰にもいうなといわれているんです」

沈黙に耐えきれないとばかりに口にした。

「どうして誰にもいうなと虎子造はいっている」

「手前にはわかりません」

おそらくうしろ暗いことをしているから、住みかを公《おおやけ》にしたくないのだろう。

「虎子造はどこで暮らしている」

善造は口を引き結ぼうとしているが、歯の根が合わないほど震えており、無駄な努力に終わっている。

「ほう、命と引き換えにするか」

佐之助が冷たくいい放つと、善造は喉を鳴らした。

「どうだ、しゃべる気になったか」

しばらく黙りこんでいた。

「わ、わかりました。申します」

「ふむ、いい子だ」

善造が口にした場所を、佐之助は脳裏に刻みこんだ。

「それにしてもきさま、いい家に住んでいるな」

「いえ、それほどでも……」

「そんなことはあるまい。五つも部屋がある家など、なまなかな者では住めんぞ」

「はい」

その理由を善造が告げる。

「ほう、それだけの厚遇を受けているのか。この家も納得だな」

佐之助は一つ間を置いた。

「きさま、どういういきさつで夢坂の支配役となった」

善造が戸惑う。

「いえ、いきさつもなにも。いきなりならせてもらったんです」

「いきなりか。理由は？」

「わかりません」

「きさま、米の仕入れ先を替えたらしいが、そのことと関係あるのか」

この言葉は、善造にとって意外だったようだ。

「いえ、存じません。虎子造さんが安売りの米と関係あるのですか」

「――おい、善造」

「は、はい」

「今宵のことはすべて忘れることだ。虎子造に注進するのもやめておけ。きさまの命を取るなど、たやすいことだぞ」

佐之助の本気が伝わったか、わかりましたと震え声で善造は答えた。

「それでいい」

佐之助は、善造のみぞおちに拳を叩きこんだ。

善造はあっけなく気を失った。

八

いい庭だな。

緒加屋増左衛門は思った。刻限はすでに九つをすぎているのに、目の前に広がる庭にはいくつかの灯籠《とうろう》が置いており、そのいずれにも灯が入れられている。

じんわりとにじむような光は草木や庭石などをやわらかく照らしだしている

が、人がひそめるような陰などどこにもできていない。はなからそういう配置になっているのだ。この屋敷の持ち主の用心深さを、如実にあらわしている。

今日は暑かったが、夜の到来とともに涼しい風が吹きはじめた。昼間の暑熱はあっけなく吹き飛ばされ、大気は秋を感じさせるような冷涼さをはらんでいる。

暑いのは苦手ではないが、ふつうにすごすのにはこのくらいがちょうどいい。

茶を喫した。甘みが濃い。これもこの屋敷の主人の好みだ。

増左衛門は、茶はもっと苦いほうが好きだが、たまにはこういうのもいい。気持ちをほっとさせてくれる。

茶はすぐに空になった。湯飲みを静かに茶托に戻す。

いや、うまい茶を飲んだからといって、気持ちが落ち着くようなことはない。はらわたは煮えくり返っている。

湯瀬直之進。

増左衛門は、あの男を間近に引き寄せるように顔を思い浮かべた。

精悍な面つきをしているところが、憎たらしくてならない。

殺してやりたい。

いや、殺さなければならない。

そうしなければ、周蔵は浮かばれまい。

必ず殺す。周蔵、そのときを待っていてくれ。

増左衛門は決意を胸に刻みつけた。

右手の襖の向こう側に人の気配が立った。

「入るぞ」

声がかかり、襖があいた。

増左衛門は畳に両手をそろえた。

気配が近づいてきて、人の両足が見えた。ゆっくりとあぐらをかき、脇息《きょうそく》にもたれかかる。

「顔をあげろ」

増左衛門はいわれた通りにした。

目の前に島丘伸之丞《しまおかしんのじょう》の顔がある。いかにも酷薄そうな顔をしている。人を顎でつかうことを最大の喜びとしているのがよくわかる表情だ。

侍として遣い手とは思えないが、体からにじみ出る迫力なのか、やり合えばこちらが負けるかもしれぬという思いを抱かせる。

きっと周蔵も、島丘に対するたびに同じことを思ったにちがいない。

「どうだ、商売のほうは」

島丘がきいてきた。

「はっ、まずまず順調かと」

「よく稼いでいるようだな。おぬしにそれだけの商才があるとは思わなんだ」

「畏れ入ります」

島丘が見つめてくる。

「しかし、いいか、店に執着はするなよ」

「はい」

「執着は決してよい結果を生まぬ。捨てるときはあっさりと捨てる。その心構えが大事よ」

「はい、承知しております」

島丘が庭に目をやった。視線を引き戻す。

「増左衛門、志摩屋《しまや》を存じておるか」

「はい。運送業を営んでいた店です」

「そうだ。あそこはもうない。あるじをつとめていた鑑造《かんぞう》が死んだからだ」

死んだといっても、周蔵が口封じのために殺したのを増左衛門は知っている。

「あの店も儲かっていた。だが、わしはためらうことなく見捨てた。そうせねば生き残れなかったからだ」

「はい」

「志摩屋と緒加屋、合わせれば島丘になる。わしにとって血肉のような店だ。だが、生き残るためには容赦なく切り捨てる。たとえはよくないが、尾を切り離すとかげのようなものだな」

島丘が増左衛門の湯飲みを見る。

「空か。かわりを持たせよう」

「畏れ入ります」

島丘が、脇息の脇に置かれている赤い紐つきの鈴を取りあげる。

小気味よい音が響き渡った。間を置くことなく姿を見せた家臣に、島丘が茶を二つ持ってくるように命じた。

茶はすでに用意されていたかのようなすばやさで、座敷にもたらされた。

「飲め」

島丘にいわれ、増左衛門はいただきますと湯飲みを手にした。

熱い。持っていられないほどの熱が伝わる。

「周蔵がなつかしいのう」

島丘がぽつりといった。

「周蔵はな、同じように熱い茶を一気に飲んでみせろと申したら、本当にしてのけおったわ。愛《う》いやつだった」

「さようですか。周蔵がそのようなことをしたのですか」

増左衛門に躊躇はなかった。湯飲みを傾けるや、茶を一気に喉へと流しこんだ。

腹が燃えた。蛇のように全身をよじりたくなるほどの熱さが逆流する。

我慢できぬ。

そう思った瞬間、熱さはゆっくりとおさまっていった。

静かに息を吐く。二度とやりたくない、と増左衛門は思った。

「たいしたものだ。周蔵にまったく劣らぬ男よ」

「ありがとうございます」

増左衛門は低頭した。

「顔をあげろ」

「はっ」

島丘が呼びかけてきた。

「増左衛門」

「首尾はどうだ」

「どうやら食いついたようにございます」

「そうか。となると、邪魔者は一人消えることになるな」

「はい、まちがいなく消してご覧に入れます」

「期待しておるぞ」

「はい、おまかせください」

島丘が茶を喫し、咳払いする。

「もう一人のほうはどうだ」

「そちらもしっかりと進めております。やつの弱点ははっきりいたしました。狙いはすでに定めてあります」

「ほう、そうか。なにに狙いを定めた」

増左衛門はにやりと笑った。

「島丘さま、それは申しあげられませぬ」

「どうしてだ」

島丘が意外そうにきく。

「ここで申しあげてしまっては、楽しみが減りましょう」

「ふむ、なるほど」

島丘が気分を害した様子はない。こういういい方はきらいではないのだ。

「わかった。きかずにおこう」

穏やかにいった。

「畏れ入ります」

島丘が再び湯飲みを口に運んだ。茶をじっくりと味わっている。

「増左衛門、おぬし、湯瀬直之進を殺したくてならぬ顔をしておるな」

増左衛門は見つめ返した。

「出ておりますか」

「ああ。彫りつけたようだ」

「この手で一刻もはやく殺したくてなりませぬ」

「くびり殺すか」

「それもよろしいですが、やはり手前は刃物をつかいたいと考えています」

「めった斬りにするか」

「さようです」

島丘がふっと息をつく。

「周蔵を殺されたうらみはやはり深いな」

増左衛門は大きく顎を引いた。

「湯瀬を殺しても、このうらみは消えぬかもしれません」

第三章

一

　商売というのは、なかなかおもしろいものだな。

　平川琢ノ介は心から思った。富士太郎の濡衣を晴らすために直之進たちが奔走しているのを横目に、口入屋稼業に精だすのは据わりのよくない縁台にでも腰をおろしているような居心地の悪さを感じないでもないが、自分が探索向きでないのははっきりしている。

　いや、それは弥五郎を失ったいいわけにすぎないのかもしれないが、とにかくいろいろな人と話をするのは楽しい。

　そういえば、以前、直之進が命を狙われた光右衛門の用心棒をつとめたとき、得意先まわりをさせられたといっていた。

直之進は二度とやりたくないと思っている節があるが、実際にやってみてかなりおもしろかったのは事実のようだ。

直之進は浪人暮らしといっても、まだ主家に奉公していたときとさほど変わらない堅苦しさがいまだにあるが、自分にはすでにそういうものはない。

主家を捨てて、この世にこれだけの気楽さがあるというのをはじめて知った。

主君をいただいていたときというのは、今思い返してみれば、押し潰されそうな空気のなかで暮らしていたのだ。

侍は御家《おいえ》こそがこの世で最も大事とする者がほとんどで、主家を守ることに必死になっているが、それはまさに汲々《きゅうきゅう》として生きていることにほかならない。

手足を縮め、上の者の顔色をうかがいながら生きている。

武家は主家や殿さまを守るためには命を投げだしたり、人を殺したりするが、それはやはりまちがいでしかないのだろう。

人の命が主家より軽いなどということはないのだ。

そのことに気づいたわしは、と琢ノ介は思った。実に幸運だったな。

光右衛門の風邪はまだ治らない。本当に重いのだ。

これまで元気だったおきくやおれんも、風邪をうつされて寝ついてしまっている。無事なのはおあきと祥吉のみだ。

だから今、琢ノ介はとてもありがたがられている。

おきくやおれんが元気なら、得意先まわりをするつもりでいたが、今は無理だ。おあきは光右衛門だけでなく、おきく、おれんの看病もしている。

琢ノ介がいなければ、店を閉めるしかなかったところだ。

光右衛門の手腕が光るというのか、商売熱心さがよくあらわれているというのか、米田屋はとてもはやっている口入屋で、暖簾を払ってやってくる者は男女を問わず多い。

職を求める者たちは、ここに来ればなんとかなると考えている。それだけ期待されているのだ。

だから、こうして店をあけておくというのは、客たちにとってもありがたいはずなのだ。

琢ノ介はそれぞれの人となりを見て、職を割り振るのがうまいと自分のことを考えている。実際にどの客も喜んで職についているのではないかと思えることが多い。

こういうのこそが商売のおもしろさ、楽しさかもしれず、主家に仕えていたときは、こんなやり甲斐を感じたことは一度もなかった。

侍より町人の時代なのだなあ、というのが実感できる。侍から転身し、町人として生きる者が少なくないと最近はよくきく。

その理由として、部屋住として日の当たらない場所で一生をすごすのをきらう者が多いことがあげられるが、生き甲斐を求めて侍を捨てる者もまた多いのではないか。

わしも、そういう者の仲間入りを果たしたことになるのかな。

また客が入ってきた。女の客だ。

女の場合、妾奉公を望む者が多いが、この女はどうやらちがうようだ。眉を剃っていることから人の女房だ。

話をきくと、亭主の稼ぎだけでは三人の子供を食べさせられないから、昼間働けるいい仕事はないかということだった。

琢ノ介はなにか得意なものがあるかきいた。

「たとえば包丁に長けているとか、裁縫なら誰にも負けないとか、力がとにかく強いとか、いろいろあるでしょう」

できるだけていねいな言葉をつかうことにも慣れてきた。

「私、包丁が得手です」

女がいうので、琢ノ介はさっそく帳面を調べてみた。

すぐによさそうなのが見つかった。

「これなんかいかがです」

帳面を女に見せる。

「茶店ですよ。こちらでは団子や饅頭をつくる手伝いの人を望んでいます」

女が興味を示す。

「なんという店です」

「牛込五軒町にある徳永屋《とくながや》という店です」

「ああ、あそこなら知っています。宝蔵院のそばにある茶店ですよね」

「ええ、そうです。行ってみますか」

「はい、お願いします」

女が喜色《きしょく》をあらわにいう。

琢ノ介は紹介状を持たせた。これで奉公が決まれば、一割の口銭《こうせん》が手に入る。

得意先さえたくさんあれば、こんなに楽な商売はないと思えるほどだ。

得意先を数多く持つためには、それこそ長い年月をかけて信用、信頼を得る努力をしなければならないのはわかっている。だからこそ、これだけの人脈を築いた光右衛門はえらいと思うのだ。

それに、この商売はうまみだけではない。人助けの意味もある。これは実に気持ちのよいことだ。

このままずっと続けたい気持ちに、琢ノ介はすでになっている。

忙しくすごしているために、ときがたつのは実にはやい。気づくと、店の土間にはすでに夕闇が忍びこんでいた。ちょうど客が切れ、どことなく空虚さが漂っている。

くたびれたな。

琢ノ介はさすがに疲れを覚え、肩を軽く叩いた。

「平川さま」

背後で声がし、おあきが姿を見せた。

「お疲れになったでしょう。一服《いっぷく》なさってください」

おあきが茶托を置き、その上に湯飲みをのせた。

「ありがとう、ちょうど喉が渇いていたんだ」

琢ノ介は茶をすすった。

「うまいなあ」

自然に声が出た。

「やはりしっかりと仕事をしていると、人というものは茶がうまくなるものだな。体というのは実によくできておる」

「そうかもしれません。うちの安い茶でもそんなに喜んでいただけるのなら」

「安い茶なのか」

「ええ」

「そうか。でもいれ方がきっといいんだろうな。とてもおいしい」

「それはようございました」

あおきが暖簾越しに外を見やる。

「祥吉は戻ってきましたか」

「いや、まだのようだな」

おあきが少し気がかりそうな目をする。

「ちょっと見てまいります」

おあきが気にするのも無理はない。祥吉は一度、かどわかされたことがあるのだ。

結局、そのときはなにごともなくすんだが、おあきの脳裏にはそのときの恐怖が強く残っているのだろう。

その後、四半刻ほどおあきは戻ってこなかった。

さすがに琢ノ介は心配になり、暖簾をしまって外に出た。

外は暗い。おあきの姿を捜す。

提灯を手に小日向東古川町を走りまわっていたら、ちょうどおあきとぶつかった。血相が変わっている。

「祥吉は？」

「それが見つからないのです」

おあきはひどく汗をかいている。

自分がそうであるのにも気づく。

それは肌がなにかただならぬことを感じ取っているからではないか。琢ノ介は、祥吉の身になにかあったのではないかと思わざるを得なかった。

そのあとは自身番に届けをだし、町の者に祥吉を見かけたら必ず知らせをくれるように依頼した。それから琢ノ介とおあきは、手わけして祥吉を捜した。

だが、祥吉は見つからなかった。

祥吉の身になにかあったのは、もはや疑いようがない。

遊びに夢中になって、どこか知らない町まで足を運んだのか。それとも、誰かに連れ去られたのか。

祥吉の友達の家を次々に当たり、祥吉のことを知らないかききまわった。

だが、どの家の子供も祥吉とは七つ頃にわかれたというだけだった。町々の木戸が閉まる四つ頃まで琢ノ介は探し続けたが、それ以上は無理だった。

その晩はもう祥吉捜しを断念するしかなかった。

重い足を引きずるように琢ノ介は米田屋に戻った。もしや祥吉が帰ってきているのではないかという期待があったが、その期待は、おあきの、見つかりましたか、という声で打ち砕かれた。

琢ノ介は無言で首を振るしかなかった。

「そうですか」

おあきが柱にもたれたまま、ずるずると崩れ落ちる。

「姉ちゃん」

風邪をおして起きている、おきくとおれんがおあきを横から支える。大丈夫かときさながら、別の部屋に連れてゆく。

「平川さま」

見ると、光右衛門が別の柱につかまるようにして立っている。

「祥吉にいったいなにがあったのでしょう」

琢ノ介に答えるすべはない。一瞬、この前祥吉と遊んでいるときに感じた視線を思いだした。

あの視線の主が祥吉をかどわかしたのではないのか。

「平川さま、なにか心当たりでも」

光右衛門が目ざとくきく。

琢ノ介は視線のことを話した。

「そんなことが……」

「すまん。そんな視線を感じていながら、わしはなにもしなかった。祥吉がいなくなってしまったのは、わしのせいだ」

「平川さま、ご自分を責められることはございません。その視線の主が祥吉をかどわかしたとは限りませんし。もし仮にその視線の主が祥吉をかどわかしたのなら、きっと虎視眈々《こしたんたん》と機会を狙っていたのでしょう。それを防ぐすべはございませんよ」

「だが、いったい誰が祥吉をかどわかしたのか」

「それは……」

光右衛門がうなだれる。

「でも、もしかどわかされたのだとしたら、なにかつなぎがあるでしょう。今はそれを待つしかございますまい」

琢ノ介は、光右衛門とともに眠れぬ夜をすごすことになった。

二

さすがに眠い。

細い連子窓《れんじまど》から、直之進は、道をはさんでほぼ正面にある緒加屋を注視し続けている。板敷きの間でかなり埃っぽいが、座っているのはさして苦痛ではない。すさまじき夜が明ける頃合だ。まだ太陽の姿はなく、東の空も白んではいないが、靄《もや》が取れてゆくように、うっすらと江戸の町は明るくなりつつあるのがなんとなくわかる。どこからか鳥のさえずりもきこえてくる。

夜のあいだ、ずっと緒加屋を見続けていたが、なにも動きはなかった。こうして緒加屋を張っていても、なにが得られるかはわからない。

だが、張りこみをしていれば、きっと収穫があるのではないかという期待が直之進にはある。

まちがいなくある。

直之進は確信している。

直之進のそばには、珠吉と和四郎がいる。二人とも横になって眠っている。眠りが浅いのは、確かめずともわかる。

直之進たち三人がいるのは、塩問屋の蔵のなかだ。珠吉が、ここから緒加屋を見晴らせてくれるように、店に頼みこんだのだ。

町奉行所の配下となれば中間といえども、さすがにそれなりの威光はあり、塩問屋のあるじは快諾してくれた。

夜の四つから八つまでという、一番きつい刻限は和四郎が見ていてくれた。こういう深更に起きているのは慣れていますから、といってくれたのだ。

慣れているのは用心棒稼業をしている直之進も同じだが、じゃんけんに負けて夜の八つから明け六つまでを見張ることになった。

珠吉も、あっしが起きていますよ、うちの旦那のことでお二人に無理はさせられねえですからといい張ったが、歳ということで無理に寝てもらった。最初は頑固に目をあけていたが、ときの経過とともに小さくいびきがきこえてきた。

やはり疲れているんですねえ、と珠吉を見て和四郎がしみじみといったものだ。

塩問屋のこの蔵に入る前、直之進は珠吉から、緒加屋のあるじ増左衛門の妾であるおまきからききだした話の報告を受けている。

珠吉は、まず増左衛門の人となりから話をはじめた。

増左衛門はやさしく、頼り甲斐がある。おまきのもとにやってくるのは、五日に一度ほど。

おまきが増左衛門に世話になったのは、口入屋の紹介だ。これに関しては、珠吉は富士太郎と一緒に調べており、玉島屋の先代和右衛門と同じ口入屋の周旋でおまきは増左衛門の世話になっている。

増左衛門と和右衛門のつながりは、いろいろな者に話をきいたそうだが、見つからなかったそうだ。

和四郎が調べてくれるようにいった、おまき自身のことについては、珠吉の感触では怪しいところはなかったそうだ。

もともと近在の百姓の娘で、両親が病死したのち、十五で江戸に出てきて水茶屋に奉公して看板娘となったが、すぐに商家のあるじに見初められて妾となった。

その後、商家のあるじが卒中《そっちゅう》で死んでしまい、もとの水茶屋づとめに戻る気もなく、口入屋の紹介で妾奉公を続けることになったのだそうだ。

これは、おまき自身が珠吉にきかれるままに話してくれたことだそうで、嘘偽りは一切まじっていないと珠吉は感じたそうだ。

長年、奉行所の中間をつとめてきた男の目に、まず狂いはあるまい。おまきは今回の件には関係していないのが、はっきりしたといえよう。

その後、初夏らしいつややかな朝日がのぼり、和四郎と珠吉が相次いで目を覚ました。

「すみません、すっかり寝入っちまって」

珠吉が頭をかく。

「いや、かまわんよ」

直之進は笑みを見せた。

「珠吉の寝顔は子供のようで、とてもかわいらしかった」

「やめてくださいよ」

珠吉が照れる。

「湯瀬さま、手前どもが寝ている最中、なにか変わったことは？」

和四郎がたずねる。

「いや、なにもなかった。緒加屋は静かなものだった」

「さようですか。どれ、しばらく手前が見ましょう。湯瀬さまは横になっていてください」

「ありがたい」

体がこわばっている。直之進は言葉に甘えさせてもらった。

和四郎が体を寄せて、連子窓をのぞく。身じろぎせず、じっと見ている。

そのあたりの姿勢には、さすがに張りこみや見張りなどに慣れているのがよくあらわれている。

「――おや」

連子窓から明かりが射しこみ、蔵のなかが行灯を灯したほどの明るさに包まれたとき、和四郎が声を発した。

「どうした」

直之進は体を起こした。珠吉も和四郎を見つめている。

「太之助《たのすけ》が緒加屋の前にいるんです」

「太之助が」

直之進は連子窓から外を見た。

知らないうちに道を行きかう人が多くなっており、数えきれないほど多くの者が暮らす江戸という雰囲気になっているが、そのなかで取り残されたように一人、ぽつんと立っている者がいる。

「確かに太之助だな」

太之助というのは和四郎と同じく、登兵衛の手下をつとめている。

太之助はきょろきょろしている。やがてこの蔵に気づいたようで、こちらに向かって歩きだした。

「ここにいるのはあるじの登兵衛に知らせてあります。なにかあったのかもしれません」

ちょっと行ってきます、と和四郎が階段をおりていった。

すぐにのぼってくる足音がし、和四郎と太之助がやってきた。

「すみません、目に入っていたのに、ここがよくわかりませんでした」

せまい板敷きの上に正座した太之助が直之進に謝る。

「いや、そんなのはいいが、どうした、登兵衛どのの身になにかあったのか」

太之助がかぶりを振る。

「いえ、あるじにはなにごともありません。石坂《いしざか》さまにも、しっかりとついていていただいておりますし」

石坂というのは徳左衛門《とくざえもん》といって、以前、直之進の命を狙ったこともあるが、とうに和解し、今は直之進とは親しい間柄だ。和四郎の用心棒につくことになった直之進が、手練《てだれ》であるのを買って登兵衛の用心棒にと推薦したのだ。

「では？」

はい、といって太之助が居ずまいをただす。

「実は――」

話をきいて直之進は腰を浮かせた。

「まことか」

「はい、今朝、田端村の別邸のほうに平川さまの使いがまいりました」

田端村に登兵衛の屋敷がある。そこに、小日向東古川町の自身番づきの小者が、使者としてやってきたとのことだ。

「湯瀬さま、すぐに行かれたほうがよろしゅうございます」

和四郎が勧める。

「そうですよ。こいつは一大事です。一刻もはやく行かれたほうが」

珠吉は手ぶりで急《せ》かした。

「こちらはまかせておいてください」

「そうですよ。手前どもがしっかり見張りますから」

二人に力強くいわれ、ではよろしく頼む、と直之進は塩問屋の蔵を出て、道に足を踏みだした。

「太之助はどうする」

一緒に外に出た太之助にきく。

「手前はあるじのもとに戻ります。またなにかお知らせすることができるかもしれませんから」

太之助とわかれ、直之進は米田屋に向かって駆けはじめた。

三

足早に歩きつつ、佐之助は夢坂という料亭の支配役におさまった善造の言葉を思い起こしている。

善造は、夢坂からの厚遇ぶりをこう語ったのだ。

「――虎子造さんからは、店のあがりのほとんどは奉公人たちで自由にしてよいとおっしゃっています。月の儲けのうち、十両だけは虎子造さんに届けることになっています。もっとも、十両を届けたのは、夢坂となって日が浅いためにまだただの一度きりです」

料永から夢坂になり、月にどれだけの売りあげがあるのか佐之助は善造にきいている。

売りあげは優に百五十両はあり、儲けは三十両を超えているとのことだ。

二十両以上を奉公人で山わけしているのなら、善造があれだけの家を借り、妾を囲っているのも当然といえた。

他の奉公人も、相当いい暮らしをしているのはまちがいない。

虎子造が受け取っている十両という額は確かに小さくはないが、奉公人たちに儲けの三分が二以上を黙ってわけさせるというのは、店を営む者としてあまりに不自然な振る舞いだ。

いったい虎子造というのは何者だろう。

道楽で店をやっているとしか思えない。でなければ、そんな真似はしないだろう。

だが道楽にしては、居どころを秘密にするなど、妙な点もある。

佐之助は、虎子造の正体を暴きたいという思いで一杯だ。

きっとうしろ暗いことをしているにちがいない。利八を殺したのも、虎子造かもしれない。料永を手に入れるためだ。

だが、と佐之助は思う。わずか十両がほしくて、料永を手に入れようとしたわけではあるまい。

二千両もかけたのだ。もっと貪欲に儲けに走るはずだ。

となると、料永を自らのものにするために利八を殺したわけではなくなる。

やはり利八はなにかをつかんだのではないだろうか。

今、佐之助は虎子造の居どころに向かっている。善造は十両の金を届けたために、虎子造の屋敷がどこか、知っていたのだ。

四半刻ほど歩いて、佐之助は足をとめた。

ここかい。

やってきたのは下高田村だ。佐之助が見つめる先に、屋敷が建っている。

半町ほどをへだてて、じっくりと眺めた。

広い。まるで大名家の下屋敷のようにすら見える。

下高田村といえば、と佐之助は不意に思いだした。幼なじみの恵太郎が住んでいたところではないか。

このところ、恵太郎のことを思うことなど滅多になくなっている。

すまぬと思うし、自分がいかに薄情か、思い知らされもするが、やはり死んでしまった者は川の流れに運ばれるように、生きている者からどんどん遠ざかってゆく。

それはどうにもあらがいようのないことだ。

虎子造の屋敷に近づき、正面にまわる。

立派な長屋門だ。屋敷からは人の気配は伝わってこないが、楽に百人は暮らせるだけの広さを誇っているのは紛《まぎ》れもないようだ。

長屋門からのびた背の高い塀が、ぐるりをめぐっている。塀の上には忍び返しがつけられていた。細く切られた竹が、とがらせた切っ先を空に向けている。塀越しに母屋らしい建物の屋根が見える。入口に当たるところに、破風《はふ》らしいものが設けられている。かなり贅《ぜい》を尽くしたつくりだ。こんなところに住める町人というのはそうはいない。

虎子造というのは本当に何者だろう。

佐之助は腕を組んで考えたが、今ここで答えが出るはずもない。

忍びこむことはすでに決めているが、刻限ははやすぎる。まだ昼の八つをすぎたくらいで、陽光は下高田村全体にあふれている。

よし、もうよかろう。

佐之助は心中でうなずいた。

橙色の巨大な太陽が西の端に没してから、すでに三刻ほどたった。

夕刻、虎子造の屋敷からは人の気配がわずかながら、伝わってきた。器が触れるような音もきこえてきたから、夕餉の支度でもしているのだろう。

その後、耳を澄ませ、神経をとがらせていたが、目立つような気配は届かなかった。

虎子造の屋敷は、寝静まるのがどうやらかなりはやいようだ。あるじの性格を映しだしているのかもしれない。

それでも佐之助は用心して、深夜九つをまわるまでじっと待った。

今は、九つを四半刻ほどすぎたあたりだろう。下高田村は闇に沈み、ときおりちらちらと灯らしいものが動くのは、どこかの神社あたりの常夜灯だろう。

静かなものだ。しわぶき一つでも、近くに雷が落ちたかのように響くのではないかと思えるほどだ。

佐之助は装束を忍びこみの際のものに替えている。昨夜も善造の家に侵入したとき、この装束を身につけていた。

装束以外にも、長脇差を帯びている。二尺二分ほどの長さのものだ。屋内で戦うのには都合がいい。

それに、この長脇差はよく斬れる。無銘だが、よほど名のある刀工の手によるものだろう。佐之助は気に入っている。

この長脇差はこれまでさしてつかったことがなかったが、なんとなくいやな思いを抱いて、一度、隠れ家まで戻り、取ってきたのだ。

善造の家に入りこんだときは匕首を持っていた。その前、奈良蔵の家のときも同じだ。

ひょっとすると匕首では危ういかもしれぬ、と肌が教えている感じがした。体のどこかが危険を察し、注意するようにうながしている気がしてならない。

となれば、この忍びこみには細心の配慮が必要だ。

とうに闇に目は慣れているが、佐之助は慎重を期してときがたつのを待った。

ゆっくりと動きだし、佐之助は広大な屋敷の周囲をめぐり、なかの気配を嗅いだ。

なにもおかしなところはない。ひたすら静寂が覆っており、人の気配はまったく伝わってこなかった。

これで危険があるのなら、よほどの手練が気息を殺して待ち構えていることになる。

そんなことがあり得るのか。

ない、と佐之助は断じた。

あり得ぬ。

佐之助は、屋敷の裏手を忍びこみの場として選んだ。屋敷の敷地のなかで木々が特に鬱蒼《うっそう》と茂っている場所で、最も忍びこむのに適していた。

裏手の塀にも、油断なく忍び返しが設けられている。

ただし表側の忍び返しの竹はかなり長かったが、こちら側の竹はかなり短めのものになっている。

金を惜しんだわけではあるまいが、表にくらべたらだいぶ入りやすい。

佐之助は忍び返しに触れないように塀を越え、敷地内に降り立った。

木々の吐きだす、かぐわしい香りに包まれる。

思わず深く呼吸をしたくなるが、佐之助はむろん自重した。

慎重に歩きだす。

地面に落ちている枝や木の葉を踏み、音を立てるようなことがあってはならない。それだけで命取りになりかねない。

森のような深い緑を抜けた。途端に風が吹き渡ってきた。

佐之助は低い姿勢を取り、風をやりすごした。風が吹いているときは、気配を探りにくい。

いきなり斬りかかられたとき、対処がおくれるおそれがあった。

風がやみ、あたりになんの気配もないのを確かめて、佐之助は再び歩きだした。

母屋の前に来た。静かに首をまわす。

雨戸が閉まっているところは、ほとんどないのを見て取る。

どこが入りやすいか。

すぐそばの濡縁からあがるのが最もたやすいが、そこはどうも誘われているような、妙な胸騒ぎを覚えた。

母屋の建物が岬のように突き出たところを選び、その障子をあける。

この屋敷のどこかに虎子造がいる。

昼間、この屋敷の評判を近所の百姓にきいたところ、誰の持ち物か一人として知らなかった。

年に何度か武家のものらしい立派な駕籠が門を入ってゆくこともあるらしいが、それが誰なのかも知らないとのことだった。

噂が流れたこともない。

相当の大物の屋敷であるのだけはわかっていて、近隣の者はあまり近づかないようにしているらしかった。

武家のものらしい駕籠か、と佐之助は思った。町人が武家の用いる駕籠をつかうことは公儀に禁じられている。

虎子造のもとに来る客が武家なのか。

それとも、虎子造が侍なのか。侍が片手間に料亭を営みはじめたということなのか。

すでに夢坂以外にも料亭を持っているのだろうか。

武家が料亭を持つ意味としては、大事な接待などのときに思う存分ご馳走を振る舞えるということがあるだろうが、その程度の理由では、佐之助は納得できない。

一流の料亭なら、重要な客の無理にはたいてい応えてくれるものだ。

最初の障子をあけてなかにあがりこんだ。そこは新しい畳のにおいがする八畳間だ。

佐之助は正面の襖をあけて、次の間に入った。そこも八畳間だ。

気配を嗅ぎつつ、次の襖を横に滑らせた。

かなり広い座敷が目の前に広がっている。優に三十畳はあるのでないか。

この広い座敷の向こうに、なんとなく人の気配があるように思えた。金箔が貼られているらしい派手な障子の先の部屋だ。

ということは、と佐之助は思った。あの襖の向こうに虎子造がいるのか。

いったいどんな男なのか。

近所の者も知らない男の正体を知ることができるかもしれないことに、胸が高鳴ってきた。

佐之助は広い座敷を進みはじめた。

それにしても、ここはなににつかうのか。こんなに広いのは、家臣が勢ぞろいするときに用いるのではないか。

やはり虎子造というのは武家なのか。

そんなことを考えつつ、佐之助は座敷の中央まで歩んだ。

左側の襖がいきなりあいた。

むっ。

佐之助は体が凍りついた。人がひそんでいる気配にはまったく気づかなかった。

まずい。

数名の男が立っている。影の形からして、明らかに侍だ。

なにかを構えているのに気づいた。

くっ、と佐之助は唇を噛んだ。やつらは弓を引きしぼっている。距離は四間もない。

まずい。

再び思った。

たくさんの鳥がいっせいに羽ばたくような音が耳を打つ。

佐之助は畳にうつぶせた。頭をかすめるようにして、矢が通りすぎた。反対側の襖に次々と突き立つ。

佐之助は立ちあがり、庭に向かって走りだした。背後の襖があいた音がし、またも鳥が飛び立つような音がきこえた。

佐之助は再び畳にうつぶせた。ぎりぎりだった。矢に背中から体を貫かれる寸前に、体を投げだしたのだ。

あまりにうつぶせになるのがはやすぎると、そこを狙われるのはわかっていた。

佐之助は立ちあがり、駆けだした。

罠だったのだ。

すべては仕組まれていたのではないか。

俺を邪魔と思った者がおり、ここで屠《ほふ》ろうとしている。

そう、矢で終わったわけではない。

擦るような足音がし、大勢の者が殺到してきたのがわかった。

佐之助は長脇差の鯉口《こいぐち》を切った。

一人が横から突っこんできたのを見、長脇差を引き抜きざま横に払った。

手応えがあり、長脇差がはね返ってきた。

なにっ。

鎧を着ているのか、と思ったが、そうではなく、鎖帷子《くさりかたびら》を着こんでいるのだ。

ここまで用意していることに、佐之助は驚いた。襲撃者の執念が伝わる。

鎖帷子を着用している侍は十名近くいる。いずれも相当の手練だ。

だからこそ、俺に気配を感じ取らせなかったのだ。

佐之助は背後から襲いかかってくる刀を弾き返し、横から突きだされる刀を避けつつ前に進んだ。

庭に出て、あの深い緑のなかに逃げこんでしまえばなんとかなる。きっと逃げ切れる。

そう信じて佐之助は走った。

背後と左右から次々に繰りだされる刀はまるで豪雨のようだったが、佐之助はすべてを受け、かわした。

庭に出た。一気に深い木々のなかに飛びこもうとした。

だが、そこにもう一つの影が立ちはだかっていた。

下段から振りあげられた刀は、佐之助の体を両断する勢いだった。

すごい遣い手が待ち構えていたのを佐之助は知った。十名近い侍は勢子《せこ》にすぎない。

俺はこの庭に追いやられたのだ。

迫りくる刀を目の当たりにして、佐之助は長脇差を立てた。

岩でも当たったかと思えるような衝撃が伝わってきた。

佐之助はうしろに弾き飛ばされそうになったが、かろうじて踏みとどまった。

横から刀が払われる。

佐之助は長脇差でそれを受け流した。

今度は刀が上段から振りおろされた。目にもとまらぬ早業《はやわざ》だが、佐之助は横に動いてなんとかよけた。

佐之助を追いかけて、刀が胴に振られた。
佐之助はこれも長脇差で受けとめた。またもすごい衝撃がやってきて、体が震えた。
そのために足の運びが一瞬、おくれた。
しまった。
すでに目の前の相手は刀を袈裟に振ってきている。
佐之助は長脇差で弾き返そうとしたが、わずかに間に合わなかった。
肌を切る鋭い音がし、左肩に針でも刺したような痛みを覚えた。
すぐさま肩が取れてしまったのではないかと思えるほどの痛みがやってきた。
体が荷物でものせたように重くなった。
佐之助は動きが格段に落ちたのを知った。
まずいっ。これでは逃げ切れぬ。
必死に走る。
だが、体が自由にならない。
遣い手は余裕の足の運びで、佐之助を追ってくる。
佐之助は深い木々のなかに逃げこもうとしたが、相手のほうがはやかった。

間合に入られ、このままでは背後から斬られることを肌で感じた。
佐之助は残った力を振りしぼり、横に跳んだ。地面を転がる。
渾身《こんしん》と思える袈裟斬りが髷《まげ》を飛ばしかねない際どさで、通りすぎていった。
佐之助はすぐさま立ちあがろうとしたが、左肩の痛みのせいで、思うように動けない。
刀が突きだされる。佐之助は地面を転がった。
次々に刀が地面に突き立つ。
次の瞬間、串刺しにされるのがわかり、佐之助は動きをとめて立とうとした。
うなりをあげて、斬撃が見舞われる。佐之助は体をねじることで、かわした。
遣い手の足が草に取られ、刀の切っ先がわずかにうしろに流れていった。
佐之助はその機を逃さず、走った。
「おのれっ」
怒りの声が遣い手から発っせられる。
佐之助は深い木々に逃げこむのに成功した。
だが、それだけでは逃げ切ったことにはならない。まだ塀がある。
遣い手は執拗に追ってくる。

佐之助は塀に飛びついた。それを待っていたかのように、遣い手が刀を振りおろした。

その攻撃を予期していた佐之助は飛びつくふりだけ見せて、身を低くした。斬撃をやりすごし、塀に取りつく。

刀が上段から見舞われる。

佐之助はそれを見切って避けた。

「おのれ」

遣い手がまた声をだした。

その瞬間、佐之助はこれまで手にしていた長脇差を投げつけた。

ほんの一間もない距離で、体に突き立ったかに見えたが、遣い手は刀で弾き飛ばした。即座に体勢をととのえ、刀を振りおろそうとする。

だが、その長脇差を横に弾いたその一瞬が佐之助を助けた。

塀に飛びつくや、一気にのぼることができたのだ。

忍び返しをよけて、塀の上に立つ。遣い手が塀に近づき、下から刀を槍のように突きだしてくる。

鋭かったが、かわすまでもなかった。佐之助は道に飛びおりた。

そのとき、遣い手が深く頭巾《ずきん》をしていることに気づいた。

そのために顔は見えなかった。

だが、と肩の痛みをこらえて真っ暗な道を走りつつ佐之助は思った。今の遣い手とは、また顔を合わせることになるにちがいない。

闇の壁を突き崩すように足を運びながら、佐之助はうしろを振り返った。

誰もついてきてはいない。

それにはほっとする。

しかし、今のはいったい何者なのか。

久しぶりに見る、恐ろしいまでの遣い手だった。

湯瀬といい勝負だろう。

それにしても待ち受けられていたか。

このやり口は、と気づいた。中西悦之進たちが土崎周蔵に殺られたのとほとんど同じではないか。

ということは、虎子造という男は周蔵と同じ根を持つ者なのか。

もっとも、虎子造という名が本名であるかもはっきりしない。

とにかく、と佐之助は思った。こんなことで俺が引き下がるとでも思ったら、大まちがいだ。

それを思い知らせなければならない。

左肩に手を当てる。皮膚は切り裂かれ、骨に刃は当たったようだが、どうやら断ち切られてはいない。血はかなり出てきているようだ。

だがこの程度なら、さほどときを待つことなく回復するだろう。

だが、しばらくのあいだ熱を持つことを覚悟しなければならない。

四

祥吉の姿が見えなくなって、二度目の朝を迎えた。

夜、捜せないから、直之進は米田屋の一室でうつらうつらしていたが、さすがに熟睡はできなかった。

それは、一緒に横になっていた琢ノ介も同じようで、盛んに寝返りを打っていた。

その琢ノ介は厠にでも行っているのか、先ほどから姿が見えない。

祥吉がいなくなったのがおとといの夕方のことで、失踪の知らせを受けてから昨日は一日中、直之進は捜しまわった。

だが、手がかりとなるようなものは一切つかめなかった。

それは琢ノ介やおあきも同じだった。ただし、おあきは倒れてしまい、今は寝こんでいる。

ひどい風邪を引いている光右衛門やおきく、おれんも、寝てなどいられません、と祥吉捜しに加わったが、やはり結果は変わることがなかった。

祥吉は、いったいどこに行ってしまったのか。

祥吉は五歳だ。そのくらいの歳の子が行方知れずになるのは江戸ではさして珍しくないそうだ。

江戸はあまりに広く、子供が他の町に行ってしまうと、そのまま戻れなくなってしまうことが多いのだという。

そのために子供たちは、自分の名と住む町の名が書かれた迷子札を胸につけたり、腰にぶら下げたりしている。

むろん、祥吉も例外ではない。

それに、祥吉は以前かどわかしに遭っており、そのときの恐怖をいまだに覚えているのか、一人で遠くへ行くようなことはないのだそうだ。

となると、誰かにかどわかされたと考えざるをえない。

しかし、それならば犯人からなんらかのつなぎがあってもおかしくないが、今のところそういう動きは一切ない。

「湯瀬さま」

襖の向こうから声がかかる。

「なんだ、米田屋」

直之進は立ち、襖をあけた。憔悴しきった顔の光右衛門がいる。いっぺんに十も老けたような顔つきをしていた。

「朝餉の支度がととのいました」

しわがれ声でいう。

直之進にあまり食い気はない。それは光右衛門も同じだろう。

「そうか。いただこう」

おきくかおれんかわからないが、風邪をおしてせっかくつくってくれた厚意を無にはできない。

直之進は部屋を出た。

「琢ノ介がさっきからいないんだが、どこに行ったのかな」

「平川さまなら、夜明けと同時に外に行かれました」

直之進は光右衛門を見つめた。

「もう捜しに出たのか。飯は？」

「いえ。祥吉が行方知れずになってから、ほとんど召しあがっていないのではないかと思います」

「そうか」

おそらく琢ノ介は、自分がなにも腹に入れていないことすら気づいていないのではないか。

それほど懸命なのだ。祥吉捜しに文字通り、命を懸けているのだろう。

ひるがえって自分はどうなのか、と直之進は思った。琢ノ介のようにはできていない。これから朝餉をとろうというのも浅ましい気がして、少し恥ずかしい。

だが、ここで無理してもはじまらない。俺は俺のやり方で祥吉を捜すしかないのだ。

だが、どこかでやり方を変えなければならないのかもしれない。

昨日と同じやり方を今日もするわけにはいかない。昨日は正直、にっちもさっちもいかない感じがしたものだ。

自分には、人捜しの力などないのを思い知った。

この江戸には、人捜しを生業にしている者がいるそうだ。その手の者に依頼するのが一番の早道だろうか。

だがその前に、と直之進は思った。どうして祥吉はいなくなったのか、それを考えなければならない。

これは、自分に関係ないことなのか。あるいは琢ノ介には。

琢ノ介は祥吉がいなくなる数日前に、店先でいやな視線を感じたという。

その者の仕業なのか。

土崎周蔵の黒幕の者が関わっているというようなことはあり得ないのか。

考えられないことではない。

黒幕がどんな者かまったくわかっていないが、人の命など虫けらほどにも思っていないのは、はっきりしている。

そんな人の情などどこかに置き忘れてしまったような者だ、祥吉をかどわかし、どうにかすることくらい、屁とも思わないだろう。

幼い命を奪うことも、躊躇なくやるにちがいない。

そう思うと、直之進は身を切られるような焦燥を覚えた。

祥吉、どこだ。

琢ノ介は心で叫び声をあげた。

きこえるのなら大声をだしたいが、そんなことをしたところで意味はないだろう。

わしの心の声が祥吉に届き、おいらはここにいるよ、と返事が戻ってきてくれたらどんなにうれしいだろう。

だが人には残念ながらそういう力はない。いや、持つ者はいるのかもしれない。

しかし自分にはそういう者に心当たりはない。いかがわしい者はいくらでもいるだろうが、本物の力を持つ者はそうたやすく見つかるものではない。

今はわしが祥吉を捜しだすしかない。必死にやれば、きっと道はひらける。

倒れてしまったおあきさんのためにも、わしが必ず見つけだす。

あのとき感じた視線の主が、祥吉のかどわかしに関わっているのか。

それならば、なにかいってきてもおかしくないはずだが、そんな動きはまったくない。沈黙したままだし、あれ以来、視線は感じたことはない。

だからといって、あの視線が勘ちがいだったということは決してない。

直之進にくらべたら剣の腕は相当劣るが、国元《くにもと》ではこれでもかなり遣えたほうだし、剣名を謳《うた》われたこともある。視線を感ずることくらいはできる。

とにかく祥吉を見つけだす。

わしにできることはそれだけだ。

午前中、琢ノ介は自ら描いた祥吉の人相書を手に、小日向東古川町や小日向西古川町、牛込水道町、関口水道町などの近場を捜しまわった。

午後になってからは、やや遠くの音羽町まで足をのばした。

この町には直之進の妻だった千勢が住んでいるはずだが、琢ノ介は千勢がどこに住まっているのか知らない。

それにしても、と琢ノ介はずいぶん歩きづらくなっているのを感じた。足がひどく重くなってきているのだ。

いつからこうなったのか。

わからないが、やはりなにも腹に入れていないのが関係しているのか。

だが、腹は一向に減らない。まるで減り方を忘れてしまったかのようだ。

音羽町は一丁目から九丁目まであるが、そのすべてに自身番があるわけではない。

琢ノ介は音羽町の自身番すべてに祥吉の人相書を配り、見かけたら必ずつなぎをくれるように依頼してまわった。

その後、なんら手がかりを得ることなく、いたずらにときがすぎていった。

琢ノ介はどうしようもなく心が焦った。いったいどうすればいい。どうすれば祥吉が見つかるのか。

見つかるのなら、わしの命をくれてやってもいいのに。

祥吉は赤の他人にすぎない。どうしてここまで想えるのか、琢ノ介にもわからない。

おあきに惚れているからか。想い人の子だからここまで想うことができるのか。

いや、ちがう。

わしは祥吉自身をどうしようもないほどいとおしく思っているのだ。

どうしてそんないとおしさを抱いているのか。

わからないが、わしたちのあいだには血のつながりより深いなにかがあるのだろう。

前世というのは信じたことはないが、あるいはわしと祥吉はその手のつながりを持つ者かもしれない。

でなければ、これだけいとおしい理由というのが説明できないではないか。

琢ノ介はさらに捜し続けた。

そうこうしているうち、足の痛みも消えていった。

これはきっと、祥吉がわしに力を貸してくれているからだ。

あと半刻ほどで日暮れというときだが、琢ノ介はさらなる力が体の奥底からわき出てきたのを感じた。

「あの……」

女に声をかけられたのは、琢ノ介がそんな力を得てから四半刻ほどたったときだ。

「なにかな」

琢ノ介は足をとめた。

女は若い。といっても三十近い大年増だろう。どこか陰が感じられるが、なかなか美しく見えるのは、肌がきれいなところと瞳がくっきりと澄んでいるからだろう。

どこかおあきに似ているように思え、琢ノ介はまじまじと見つめてしまった。

「あの……」

女が恥ずかしそうにする。

「ああ、すまん。なに用かな」

「あの、おあきさんのお子さんをお捜しになっているんですよね」

琢ノ介は一気に期待が高まるのを感じた。

「祥吉だ。おぬし、なにか知っているのか」

「祥吉ちゃんのことを知っているというのとはちょっとちがうんですけど」

「なんだ」

「あおきさんにいやがらせをするような男には、心当たりがあります」

「いやがらせ？」

祥吉がいなくなったのは、おあきに対するいやがらせのためなのか。

琢ノ介は思わず声を荒げた。

「どういうことだ」

女が驚き、身を引く。

「ああ、すまん。びっくりさせてしまったな」

琢ノ介は笑顔をつくり、あらためてたずねた。

「どういうことかな」

「はい」

女がうなずき、語る。

「それはまことか」

「いえ、あくまでも噂ですから、私にも正直なところ、わかりません」

そうか、と琢ノ介はつぶやいた。

目の前の女によれば、おあきに横恋慕《よこれんぼ》していた男がいたというのだ。

だが、おあきからそんな話は一切きいていない。

それでも手がかりといえるのだろう。ここで手繰らないわけにはいかない。

「なんという男だ」

女は教えてくれた。

「どうしておぬしはそんなことを知っているんだ」

女が笑《え》む。陰のある笑いだ。

「こんなことを申しあげたくはないんですけど、私、人にはいえない商売をしているんです。それで、その人のところに呼ばれていったことがあるんですよ。そのときお酒を飲んで酔ったその人が、おあきさんのことを悪くいっていました。思い知らせてやりたいと」

「話はよくわかった」

琢ノ介は深く顎を引いた。

「おぬし、おあきさんを知っているんだな」

「ええ、米田屋さんの娘さんですね。あのお店には何度もお世話になっていますから」

そういうことか、と琢ノ介は納得した。

「ありがとう。名をきかせてくれるか」

女が小さく首を振る。琢ノ介は、女がか細い首をしていることに、そのときはじめて気づいた。ずいぶん華奢《きゃしゃ》だ。

この体で春をひさいでいるらしいのに、琢ノ介は心を痛めた。

「名乗るほどの者ではありません。本当は番所に届け出ようと思ったのですけど、商売が商売だけに、敷居が高いんですよね」

女は一礼して去っていった。濃くなってゆく夕暮れのなか、姿が見えなくなってゆく。

その姿に、はかなさを琢ノ介は覚えた。

よし、行くか。

女が教えてくれた男の家は、ここからさほど遠くない雑司ヶ谷村にあるとのことだ。琢ノ介は、このまま向かおうとした。

「琢ノ介」

声をかけられた。

「おう、直之進。偶然だな」

直之進が駆け寄ってきた。

「見つかったか」

「いや、駄目だ。だが直之進、手がかりを得たぞ」

直之進の目が輝く。

「まことか」

琢ノ介は詳細を語った。

「そうか。ならば、一緒に行ってみようではないか」

ありがたし、と琢ノ介は思った。直之進と一緒ならこれ以上心強いことはない。

琢ノ介は直之進と連れ立って走りだした。

雑司ヶ谷村に着いたときには、日はすっかり落ち、あたりには湿気のこもった風が吹きはじめていた。

風には雨のにおいがまじっている。

琢ノ介は空を見あげた。月も星も見えず、厚い雲で覆われている。

「雨になりそうだな」

直之進がつぶやいた。

「ああ」

琢ノ介は相づちを打った。すでに小田原提灯に火を入れている。

「ここだな」

足をとめる。背後に林を控えた一軒家だ。どこか隠居が住んでいそうな雰囲気がある。

だがあの女は、若い男が一人で住んでいると教えてくれたのだ。名は栗吉《くりきち》というとのことだ。

琢ノ介は提灯を掲げ、もう一度、あたりの地形を確かめた。

「まちがいない。その大きな松が目印だ」

女は、老婆の背中のようにひどく曲がっている松の大木の袂に建つ家が栗吉の住みかだといっていた。

そんな松の木は、ほかには見当たらない。

家はひっそりとしている。明かりはついておらず、泥舟のように闇に沈んでいた。

「人の気配はないな」

直之進が不審げにいった。

琢ノ介は刀の鯉口を切った。

「そうか」

「直之進、踏みこんでみよう」

「うむ」

直之進も鯉口も切った。

二人は戸を蹴破った。

だが、やはり誰もいなかった。長いこと空き家だったようにしか見えない。

人の住んでいる気配は微塵もなかった。

五

こうしてじっとしているだけじゃあ、我慢できねえな。

珠吉は貧乏揺すりをした。いや、もうずっと前からしている。

塩問屋の蔵の板敷きの上に座りこみ、まったく動かずに緒加屋を張っているだけでは、なにかしている気がしない。

むろん、珠吉は中間づとめが長いから、張りこみの大事さは肝《きも》に銘じている。

だが緒加屋はなにも動きを見せないのだ。

もう我慢できねえ。

もう一度思った。

動かなきゃいけねえ。動いて、なにか手がかりをつかまなきゃいけねえ。

こうしてじっとしているだけでは駄目だ。

牢内の富士太郎は今、なにをしているのだろう。

はやく救いだしてあげたい。なにしろ、富士太郎は我が子も同然なのだ。

だが、このままでは死なせてしまう。

そのためには、ここでじっとしているのでは駄目だ。

緒加屋に乗りこみたい。

乗りこんであるじの増左衛門を締めあげ、富士太郎に濡衣を着せたことを吐かせる。そうすれば、富士太郎は無罪放免だ。

「なにを考えているんですか」

横の和四郎に問われた。なんでも見抜きそうな深い瞳の色をしている。

その目に惹かれるようにして、珠吉は話した。

「いけませんよ」

和四郎がやんわりと首を振る。いたずらっ子を叱ることなくたしなめるような口調だ。

「そんなことをしても意味はありません。お気持ちはわかりますが、ここはじっと待ち、緒加屋がしっぽをだすのを待つしかないんですよ」

「そいつはわかっちゃあいるんだが」

珠吉は右の頰を爪で強くかいた。

「でも、動いていねえと、どうにも気持ちが落ち着かねえんで」

「わかります。でも、ここはじっとしている者の勝ちですよ」

「そういうものかな」

「そういうものです」

和四郎が断言する。

「だいたいしびれをきらしたほうが負けと、勝負事は決まっています」

それは確かだな、と珠吉は思った。和四郎と話して少しは気分がおさまった。

「和四郎さん、ありがとよ。とめてくれて」

「いえ、礼をいわれるほどのことではありません」

珠吉は和四郎を見つめた。

「和四郎さん、いくつだい」

「歳ですか。二十六です」

「そうかい、そいつは若えな。女房は？」

「いません」

「しかしその若さはうらやましいぜ。順吉《じゅんきち》より七つ上か」

「お子さんですね」

「ああ、そうだ」

「珠吉さんの跡を継ぐんですか」

暗い顔になりそうになったが、珠吉はあえて明るい口調でいった。

「いや、おととし、死んじまったんだ」

「えっ、そうなんですか。それは申しわけないことを」

「いや、いいんだ。せがれのことを持ちだしたのはわしのほうだからな」

珠吉は順吉のことを思いだしたら、涙が出そうになった。

「病だった。風邪を引いて、それが一気に重くなっちまったんだ。女房は一所懸命に看病していたんだが、結局、わしらはなにもできずにせがれは逝《い》っちまった」

「そうなんですか。風邪は怖いですね」

和四郎がしみじみいう。

「だから、樺山の旦那をわしはどうしても助けたいんだ」

「樺山さまを、息子も同然と考えていらっしゃるんですね」

「そうだ。旦那を救うためなら、命を投げだす覚悟でいるんだ」

「さようですか」

珠吉は顔をあげた。

「樺山の旦那が子供の頃、こんなことがあったんだ」

不意に思いだしたことだが、珠吉はなつかしさで一杯になった。富士太郎に会いたくてならない。

「きかせてもらえますか」

珠吉はうなずいてみせた。

「ああ、もちろんさ」


牢に入れられて何日たつのか、富士太郎にはすでにわからなくなっている。

暗い牢で一日の大半をすごし、外に出るのは穿鑿部屋に入れられるときだけだ。ときの流れを一切感じなくなっているのだ。

糞尿のにおいにもすっかり慣れた。だから横になることにも、もうなにも感じない。

今、富士太郎は仰向けに寝ている。低い天井に手をのばす。

届きはしないが、この牢に入っていた者はすべて同じことをしたのではないか。そんな気になってくる。

しかし、かなり長く入れられているのはわかっている。

こんなに長いということは、と富士太郎は思った。まさか本当においら、殺っちまったんじゃないだろうね。

最近では、死骸を見つけたときのことですら曖昧になってしまっており、自分にまったく自信がない。

おいら、あの男を殺しちまったんじゃないだろうね。

ちがうと声を大にしていいたいが、明快に否定できない自分がいる。

朱鷺助というあの男は、おいらにうるさくつきまとっていた。

それで腹が煮えて、殺してしまったのではないか。

奉行所内の寄合があった晩、実際にはそんなことがあったのではないか。

いや、あってたまるかい。

富士太郎は思った。

ただ、気弱になっているだけさ。

誰も会いに来てくれないのも、気がかりになっている。珠吉や直之進さん、母上は来てくれているにちがいないが、会わせてもらえずにいるのだろう。

珠吉はどうしているのかな。

老中間のことを思いだした。

きっと心配しているんだろうね。老けちまったんじゃなかろうか。

口うるさいところもあるけれど、あれはおいらのためを思っていっていることだよ。珠吉はなんとしても、おいらを一人前にしたいんだよねえ。おいらのことを、病で亡くなった順吉の代わりだと考えているらしい節もあるようだしねえ。

「もう何年前の話か、ずいぶん前のことだけれど、八丁堀の近くで祭りがあって、うちも一家そろって出かけたときのことだよ」

珠吉は話しだした。

「樺山の旦那のお父上から、せがれも連れていってほしいと頼まれてね、あっしは引き受けたんだ。お父上はそのとき仕事で、お母上は風邪を引いていたらしいようなんだ」

和四郎はじっと耳を傾けている。ときおり連子窓をのぞきこみ、緒加屋の様子をうかがっている。

「うちの順吉は、樺山の旦那とそんなに仲がよかったわけじゃあない。せいぜい顔見知り程度のものだったかね」

話しているうちに、頭の隅に残っていたものがどんどん明瞭になってきた。

「喧嘩はしなかったんだけど、同い年ということもあり、どこか張り合うようなところが見えてはいたんだ。でも、あっしはすぐに仲よくなるだろうと気にもとめなかった」

珠吉は乾いた唇をなめた。

「祭りは昼からはじまり、深夜にまで及ぶんだけど、子供たちはだいたい五つ頃には家に帰らせていた。でも、順吉がいつの間にかいなくなっていたんだ」

「迷子ですか」

「いや、ちがうんだ。でも、米田屋さんの祥吉ちゃんがいなくなったときいて、最初に思いだしたのが順吉のことだったね」

和四郎が案ずる瞳をする。

「祥吉ちゃんは見つかったんでしょうか」

「さあ、どうかな。心配だけれど、湯瀬さまもいらっしゃることだし、きっと見つかるよ」

「ええ、無事に見つかってくれるのを祈りたいですよ。——それで息子さんはどうなったんです」

「ああ、そうだった。結果からいうと、無事に見つかったんだ」

「そいつはよかった」

和四郎は白い歯を見せたが、結局は順吉が病死してしまったことに思いが至ったようで、表情を平静なものに戻した。

「樺山の旦那の働きだったんだよ」

「どんな働きだったんです」

珠吉は思い起こした。

「あれは、勘働きとしかいいようがないものだったね」

「ほう」

「祭りの最中、町はそこいら中に明かりが灯って、昼間のようにとはいわないまでも、ずいぶんと明るかった。それでも、いなくなっちまった子供を捜すのは、とてもむずかしかった」

「そうでしょうね。裏路地なんかはやはり暗いし、表通りは人がすごく出ているでしょうし」

「そうなんだよ。とにかく人出のすごさと暗さが、順吉を捜しだす壁になっちまっていたんだ」

和四郎がうなずく。

「あっしは、お父上から預かった富士太郎さんを八丁堀の屋敷までまず送っていった。それから順吉を捜しはじめた。でも、なかなか見つからなかった」
和四郎が連子窓の外をちらりとのぞいたが、すぐに珠吉に視線を戻した。
「順吉を捜しはじめてすぐ、あっしはうしろに富士太郎さんがいるのに気づい
た。一緒に捜すといい張るんだよ。帰るようにいったけれど、富士太郎さんはう
なずかなかった。あのときの頑固そうな顔はたまに思いだすけれど、男そのもの
でまさか今みたいになるとは夢にも思わなかったよ」
和四郎が小さく笑う。
「あっしは富士太郎さんに、あっしから離れないでいるんですよ、ときつくいっ
たんだけれど、知らないうちに富士太郎さんはいなくなっていた。それに気づい
て、あっしは呆然となったよ」
あのときのことがその場にいるかのようによみがえり、珠吉は本当に脂汗が出
てきた。
「でも、富士太郎さんはそのあとすぐに順吉を連れてきてくれたんだ」
「どういう手立てを取ったんです」
珠吉は額の汗をふいた。

「昼間、裏通りに入ったとき、富士太郎さんと順吉は、腰が悪くてあまり動けないばあさんから飴玉をもらっていたんだ。順吉は、祭りの夜の華やかさを語るそのばあさんを憐れんで、一人暮らしのばあさんのところに行って祭りに連れだしたんだ。順吉は体がそこそこ大きくて、ばあさんの手くらいなら引くことができた」

「やさしいお子さんだったんですね」

「うん、わしに似ずいい子だった。——富士太郎さんは昼間のそのことに思い当たって、ばあさんの家近くを捜したらしいんだ」

「そしたら、見つかったんですね」

「でも、富士太郎さんはとても悔しがっていたよ」

「どうしてです」

和四郎が不思議そうにきく。

珠吉はにっこりと笑った。

「和四郎さん、わかっている顔だな」

「とんでもない、全然わかりませんよ」

「そうかい。まあ、そういうことにしておこうか」

珠吉は心が和んだ。

「腰が悪くてろくに歩けないばあさんを、祭りに連れだすそのことに、どうして自分は思いつかなかったんだって」

「なんか樺山さまらしいですね」

「まったくだ。そのあと、富士太郎さんと順吉はとても仲よくなったよ」

「二人ともとても心がやさしいんですね」

珠吉は深くうなずいた。

「だから、どんなことがあっても、樺山の旦那は人殺しができるような男ではないんだ。それはもう、日が東からのぼるのと同じくらい当然のことなんだ」

六

「これはまたひどくやられたものだね」

傷の手当をした医者はいったものだ。

「あんたにしちゃ、珍しいんじゃないか」

「いいから、黙って手当てしてくれ」

「相変わらず短気だね」

医者は年寄りで、目が見えているのかも怪しいくらいだが、腕は確かだった。闇の世に暮らす者たちが世話になっている医者で、関斎《せきさい》先生と誰もが呼んでいるが、それが本名だと、誰も思っていない。

手当てしてもらったのは昨日の朝方だ。自分で応急の手当てをしておいてから、関斎のもとに向かったのだ。

縫ってもらい、身をよじりたくなるほどしみる膏薬を塗りこまれた。

関斎の手にかかった以上、安心だが、まだ傷はひどく痛む。

「安静にしているんだよ。でないと、傷口がひらきかねないよ。まあ、いっても無駄か。おまえさん、今にも噛みつきそうな犬みたいな顔しているものなあ」

関斎はしみじみといったものだ。

確かに佐之助は復讐以外、考えていない。

肩に与えられた傷以上に、心を傷つけられたような気がする。

不意を衝かれたために、あの遣い手に先手を奪われたということもあったが、佐之助はただ逃げることしかできなかった。そのことが情けなくてたまらない。

あれだけ無様《ぶざま》にやられたとはいえ、なんとか攻勢に移れる手立てがあったのではないかと思えてならないのだ。

このままでは終わらせられない。

佐之助は諸肌《もろはだ》を脱ぎ、左肩に巻いてある晒しを見つめた。

すぐに晒しをほどきはじめる。

晒しを捨て、あらわれた傷口をじっと見る。

たいしたことはない。

本気でそう思った。

この程度の傷で、どうして痛いなどといっていられるのか。

着物を着直し、佐之助は立ちあがった。刀架の刀を取り、抜刀する。

きれいな刃文だ。切れ味はすばらしい。

目釘をあらためてから、鞘にしまう。

佐之助は刀を手に、用心して家を出た。これはいつもの習慣にすぎない。捕り手の気配や姿はない。

頭上にある太陽が、まるで秋口のような穏やかな光を放っている。風は乾いていて、涼しい。本当に秋がきたようだ。

佐之助は刀を腰に差しこみ、歩きだした。

着いたのは下高田村だ。この前と同じく陽光があふれている。

虎子造の屋敷の前に行く。

二日前、さんざんにやられた光景がよみがえり、佐之助は唇を嚙んだ。

今日はああいうふうにはいかんぞ。

腰の刀に手を当てる。

これさえあれば、俺の勝ちだ。

佐之助は長屋門にまわった。正面から入るつもりでいる。

どうしてこそこそ忍びこむような真似ができようか。

長屋門はがっちりと閉じられ、脇のくぐり戸もひらかない。

門の右横上にある小窓のほうにも人の気配はない。もしいるのなら脅してでも戸をあけさせるつもりでいたが、その手はつかえそうになかった。

ここから入るのはあきらめるしかなさそうだ。佐之助は結局、裏手にまわるしかなかった。

くそっ。

なにかそれだけで、また負けたような気がしてきた。

いや、こんなことで負けたと思うほうがどうかしている。

今日、あの遣い手の正体を暴いてやる。そして虎子造も。

佐之助は、あたりに人けがないのを確かめた。忍びこむところを見られて、近くの番屋に通報されるのは避けなければならない。

よし、行くぞ。

自らを励ますようにいって、佐之助は再び屋敷の塀を越えた。

なかは夜とは風景がずいぶんちがった。あのときはひどく暗い屋敷と思ったが、昼間は存外に明るい。

庭の木々も、よく手入れされている。ということは、庭師が入ることがあるのだ。

その庭師をとらえ、虎子造というのが何者か吐かせる手もある。

慎重に歩みを進めて、佐之助は母屋に近づいた。

母屋はひっそりとして、人けはまったくない。不意に矢を放たれるようなことはなかった。

濡縁からあがり、障子をあけた。

座敷が広がっている。畳は新しく、きれいだ。

これだって、この屋敷に畳を入れた畳屋を当たることができれば、虎子造についてなにか知ることができるにちがいない。

佐之助は母屋をすべて調べてから、外に出た。家具らしいものは一つとしてなかった。

もぬけの殻といっていい。襖には矢が何本も突き刺さったはずだが、矢はすべて抜かれていた。それだけでなく、襖もすべて替えられていた。

母屋のほかに離れがあったが、茶室らしく、三畳間が一つあるだけの小さな建物だ。むろん、人はいなかった。茶器も置いていない。

佐之助は、この屋敷を誰が所有しているのか知りたくなった。

虎子造という者であるのはわかっているが、その虎子造が何者なのか、屋敷のことを調べることでわかるのではないか。

この前の通り一遍の調べでは、なにも出てこなかったのは当然だ。

まず、この屋敷に出入りしている庭師を当たることにした。

だが、近くの者ではないのか、それと思える者は見つからなかった。庭師は、もともと虎子造のお抱えなのかもしれない。

畳職人も当たってみた。

こちらも近くの畳屋が、虎子造の屋敷に畳を入れた形跡はなかった。

これも、虎子造の息のかかった店が屋敷に持ちこんでいるのかもしれない。

気づくと、夜が近づいていた。

深夜を待って、佐之助は下高田村の名主の屋敷に忍びこんだ。

村名主は七十をいくつか超えている年寄りだったが、かくしゃくとしていて、耳もしゃんとしていた。

連れ合いを亡くしたのか、一人、寝入っているところを起こし、虎子造について話をきいた。

村名主は虎子造という男を知らなかった。あの屋敷の持ち主についても、知らないといった。

「どういうことだ」

村名主といえども、深夜にあらわれた賊としか思えない男にはおびえを見せていたが、ちゃんと説明することはできた。

「公儀のお偉い方のお屋敷であることしかわかっていないのですよ」

「公儀の……。相当上の者ということか」

「はい、そうだと存じます。実はそのことも口外しないようにいわれておりまして、村人も知っている者はおりません」

「そのことは誰にいわれた」

「この屋敷にやってきたお役人です」

「誰だ」

村名主は首を横に振った。

「それもわかりません。名乗りませんでしたから」

「駕籠で来たのか」

「はい、さようで。そのお役人自体、かなり上の方であるのはまちがいなく、大名駕籠と思える駕籠にお乗りになっていました」

「家紋を見たか」

「手前も興味を惹かれ、一応の努力はいたしましたが、駕籠に家紋はありませんでした」

村名主は嘘をついていない。それははっきりと伝わってくる。真実だけを告げていた。

佐之助は礼を口にした。

村名主が目を丸くする。

「これはまた礼儀正しいお方ですね」

「俺はもともとそういうたちなんだ」

「お顔が見たいものですよ」

佐之助は深くほっかむりをしている。その上、部屋は真の闇に満たされている。

「いずれ、見せられるときがくるかもしれんぞ」

それは、まちがいなく首がさらされたときだろう。


大塚仲町にやってきた。

この町に料永があった。今は夢坂だ。

建物自体は変わっていないから、ここが料永でないのが不思議に思える。すでに千勢も働いていないから、この店の暖簾をくぐることはあるまい。

夢坂はすでに暖簾をおろしていた。明かりも落とされ、暗さのなかにひっそりとうずくまっている。奉公人たちはとうに帰ったようだ。

夢坂の支配役におさまった善造の家に向かう。

佐之助は、厳重に戸締まりされた家に、床下から忍びこんだ。

台所に出る。

男女の声が、居間と思える方角からきこえてくる。忍びやかなものではなく、ふつうの会話だ。

深くほっかむりをした佐之助は居間に忍び寄り、背後から妾に近づき、当身を食らわせた。妾はあっけなく気絶した。

あっ。

飲んでいた酒が善造の口からこぼれ出た。

「だ、誰だっ。人を呼ぶよ」

「俺はかまわん。呼べよ」

声で、一度同じ男に訪問を受けていることに思い至ったようだ。

「あんたは……」

「また話がききたくてな」

佐之助は行灯を吹き消した。部屋は暗さに包まれた。

闇に慣れない善造は目をぱちくりしている。

「虎子造というのは何者だ」

「えっ、夢坂を所有している方ですけど」

「そんなのはわかっている。武家か」

「えっ、存じません」

表情からして本当に知らないのだ。

「おい、夢坂には虎子造の息がかかっている者はいるのか」

「いいえ、半分ほどが料永の者です。新たに雇われた者もいますけど」

「そのなかで一番えらいのは誰だ」

「いいえ、えらいという者はいません。口入屋を通じ、他の店からやってきた者ばかりですから。女中や下働きなどの追廻しです」

翌朝、佐之助は新野《しんの》屋というその口入屋に行ってみた。

だが、あるはずの口入屋は潰れていた。いや、潰れたというより、店はほんの五日ばかりひらいていたにすぎないのが近所に住む者の話からわかった。

どういうことなのか。口入屋がただの五日で店を畳むなど、あり得るのか。

あり得るわけがない。

夢坂で働く者を集め、その上で口入屋を潰したのだろう。

どうしてそんな真似をしたのか。

夢坂という料亭を存続させるためだとして、どういう目的なのか。

一つしか考えられない。

この俺を始末するためではないか。しかし、俺をこの世から消すためだけに、そこまでしてのけるものなのか。

きっとそうなのだろう。店の支配役にまつりあげられた善造は、やつらの仕掛けた餌だったのだ。何も知らず、俺はそれに食いついたというわけだ。

俺は見事に罠にかけられたのだ。何者であるか、いまだに正体の知れぬ者は、千勢を通じて善造のことを知れば、近いうちにこの俺があの別邸に忍びこむことを知っていたのだ。

俺を邪魔者と見たのだ。

いったい何者が仕掛けてきたのか。

あの屋敷といい、口入屋のことといい、見えざる敵はとんでもなく巨大であるのは紛れもない。

だが、そんなことでこの俺がひるむと思っているのか。

冗談ではない。

見ていろ、と佐之助は心でつぶやいた。必ず正体を暴いてやる。

そして必ず首をねじ切ってやる。

七

おあきに横恋慕していたという、栗吉は見つかっていない。

直之進は、どうすれば見つかるか、考えてみた。

だが、うまい手立ては思い浮かばない。まったくおのれの頭のめぐりの悪さにはあきれてしまう。

「なにをぶつぶついってるんだ」

肩を並べて歩く琢ノ介にいわれた。

「いや、もう少しまともな頭がほしいなあ、と思っただけだ」

琢ノ介がちらりと見る。

「頭の形はそんなに悪くないぞ。頭のうしろのでこぼこが少し目立つくらいだな」

「頭の形をいっているのではない」

琢ノ介が笑う。

「そんなのはわかっているさ。直之進、むきになるな」

「こんなときによく冗談がいえるな」

琢ノ介が寂しげに笑う。

「冗談でもいっておらんと、気が紛れんのだ」

「そうか」

直之進は言葉少なく答えた。

「琢ノ介、おあきさんにはきいたのか」

「ああ、きいた」

「どうだった」

「栗吉という男の人は知りませんとの答えだった」

そうか、と直之進は思った。どうも妙だ。いやな感じがしてならない。

しかし、ようやく琢ノ介がつかんできた手がかりだ。生かさない手はない。

栗吉は雑司ヶ谷村に住んでいた。それはまずまちがいないだろう。

直之進たちは雑司ヶ谷村の人別帳を見たいと考え、足を運んでいるところだった。

人別帳は村名主が保管している。二人は頼みこむつもりでいる。

人別送りがしっかりとなされていれば、栗吉がどこに越していったかわかるはずだ。

雑司ヶ谷村の名主の屋敷は、さすがに広壮だ。

「立派な長屋門だなあ」

見あげて琢ノ介が嘆声を放つ。

「確かにな」

門はあいており、小作人らしい百姓や行商人が気軽にくぐっている。

直之進たちもそれにならった。

いきなり入ってきた浪人二人に、屋敷の者が目をみはり、緊張したのがわかった。たかりの手合いと見られたのかもしれない。

おそらくその手の者が、無心によく来るのだろう。

母屋もまた大きかった。

「でけえな」

琢ノ介は目を丸くしている。

直之進はていねいな言葉で訪いを入れた。

「はい、どのようなご用件でございましょうか」

商家でいえば番頭に当たるのか、物腰のやわらかな男が直之進たちの応対に出てきた。

直之進たちは、どういうことが起きているか正直に語り、用件を述べた。

「人別帳ですか」

「うむ、見せてもらいたいのだ」

琢ノ介が重々しくいう。

「子供一人の命がかかっているのですか。それは捨て置くわけにはまいりませんね。少々、お待ちいただけますか」

男が奥に去った。名主にうかがいを立てにいったのだろう。

すぐに戻ってきた。

「名主がお会いになるそうです。おあがりください」

直之進たちは奥の座敷に通され、茶を振る舞われた。

「こいつは上等な茶だな」

琢ノ介がささやきかけてきた。

「ここの名主、相当裕福だな」

「うむ、そのようだ」

衣擦《きぬず》れの音がきこえてきた。

「失礼いたします」

襖があき、男が顔を見せた。直之進たちの前まで来て正座し、ていねいにお辞儀する。

「手前が、この村の名主岩右衛門《いわえもん》にございます。どうぞ、お見知りおきを」

意外に若い。歳はまだ三十前後ではないだろうか。

こういう視線に慣れているようで、岩右衛門はにこやかに笑った。人を惹きつける、いい笑顔だ。

「手前は亡き父の跡を継いだにすぎません。継いで、まだ半年足《た》らずです。ですので、尻が青いのは当然のことなのですよ」

そういうことか、と納得した直之進たちは名乗り返し、あらためて用件を語った。

岩右衛門がうなずく。

「人別帳をご覧になりたいのですね。その前に、申しわけないですが、祥吉ちゃんのことを話していただけませんか」

ここは琢ノ介が語った。

「そういうことですか。この村に住んでいた栗吉の行方ですね」

少し考えていたが、わかりました、と岩右衛門はいった。すっくと立ちあがる。

「今、お持ちします」

座敷を出ていった。

琢ノ介が茶を一口飲んだときに、岩右衛門は戻ってきた。

「お待たせしました。こちらです」

両手で大事そうに抱えている、やや厚い帳面を直之進に手渡してきた。

「どうぞ」

「かたじけない」

直之進は一礼してから人別帳をひらいた。

「栗吉はそちらに載っています」

人別帳にしおりがはさんである。

直之進はそこを見た。

「行き先は小日向台町か」

横からのぞきこんだ琢ノ介がつぶやく。

「場所を知っているか」

直之進はたずねた。

「だいたいはな。これでも江戸に来て、すでに二年以上たっている。だいぶわかってきている」

栗吉は雑司ヶ谷村には牛込馬場下町から来ている。

日付を見ると、雑司ヶ谷村から出ていったのは昨日のことだ。ずいぶんあわただしい。まるで、直之進たちに目をつけられたことを覚ったかのようだ。

直之進は、栗吉について岩右衛門にたずねた。

「あまり人付き合いをしない男でしたよ。この村にいたのは、ほんの一月ほどではなかったでしょうか」

「一人住まいだったのですね？」

「ええ」

「栗吉はなにをしていたんですか」

「さあ、わかりません。遊び人ふうの感じはしましたね」

「訪ねてきた者は？」

「同じような者たちがやってきていたらしいのはきいています」

ほかに問うべき事柄は見つからず、直之進と琢ノ介は雑司ヶ谷村の名主の屋敷をあとにした。

小日向台町に向かう。

だが、この町に栗吉はいなかった。雑司ヶ谷村の人別帳に記された住みかが、でたらめだったのだ。

真三《しんぞう》長屋という裏店は確かにあったのだが、この長屋に栗吉は越してきていなかった。

念のために町名主の家を訪れ、ここでも率直に理由を告げて人別帳を見せてもらった。

栗吉の名はなかった。

さらに念を入れて、栗吉が雑司ヶ谷村に来る前に住んでいた牛込馬場下町にも行ってみた。

確かに住んでいたらしいのはわかったが、それだけだった。栗吉が今どこにいるのか、知っている者は皆無だ。

「くそ」

牛込馬場下町の道を歩きつつ、琢ノ介が吐き捨てるようにいった。

「これで手がかりは切れちまったな」

「うむ」

それは直之進も認めざるを得ない。

「どうする、直之進」

「いや、いい考えは浮かばぬ」

こういう事態を想定し、次の策をずっと考えていたのだが、思いつくことはなかったのだ。

「めぐりのいい頭が本当にほしいぞ」

直之進がいうと、琢ノ介がうなずいた。

「わしもだ」

琢ノ介が目を向けてきた。

「なあ、直之進。おあきさんに袖にされた腹いせに、本当に栗吉が祥吉をかどわかしたのかなあ」

「俺にはわからぬ。だが、ほかに疑いをかけるべき者もいないような気がする」

「そうなんだよなあ」

琢ノ介が嘆息する。

「またあの女、あらわれんかなあ」

「栗吉のことを教えてくれた女か。琢ノ介、どんな女だった。名は教えてくれなかったといったな」

「大年増だが、どこか陰のある女だった。そのあたりが妙に色っぽかった。それと、面影がおあきさんに似ていた」

「おあきさんにか。そうか」

どこに行くあてもなく、直之進たちは小日向東古川町に帰ってきた。

米田屋に向かう。

ちょうど、米田屋の暖簾を払って出てきた者がいた。

「太之助ではないか」

「ああ、湯瀬さま」

ほっとしたようにいったが、太之助の目がつりあがりかけているのに、直之進は気づいた。

「どうした、なにかあったのか」

「はい、大ありです」

太之助によると、登兵衛の別邸が何者かに襲撃を受けたのだという。

おのれの血相が変わったのが、直之進ははっきりとわかった。

「まことか」

「はい」

「登兵衛どのは？」

「無事です。なにごともありません」

それには心から安堵した。

「ただ、奉公人が一人、斬り殺されました」

「徳左衛門どのは？」

「はい、賊と斬り結ばれたようですが、ご無事です」

「そうか」

さすがに徳左衛門だ。賊を退散させたのか。

「直之進、行け」

琢ノ介がうながす。

「しかし――」

「祥吉のことはわしにまかせておけ。きっと見つけだすゆえ」

「……うむ」

直之進には、琢ノ介を一人にしたくないという思いが強い。一人にすると、なにか起きるのではないか。

「なんだ、その目は？」

直之進はじっと見た。

「琢ノ介、無理はするなよ」

「ああ、よくわかっている」

後ろ髪を引かれる思いで、直之進はその場をあとにした。

田端村の登兵衛の別邸に着いた。

「よくいらしてくれました」

登兵衛はそういって、直之進を迎えてくれた。元気そうだ。警護役の徳左衛門も無傷でいる。

「わざわざお越しいただかずともよかったのですが……」

「わしが呼ぶようにいったのだ」

徳左衛門が直之進にいった。

「わし一人ではちと心許ないゆえな」

「いえ、そのようなことはございませぬ。もし石坂さまがいらしてくれなかったら、手前の命はなかったでしょう」

賊は一人、別邸の塀を乗り越えて侵入してきたのだそうだ。

その気配にいちはやく気づいて、徳左衛門が応戦したのだという。

「石坂さまは、さすがのお働きでございました」

登兵衛がほめちぎる。

「しかし一人、殺された」

徳左衛門がうなだれる。

「手放しでは喜べぬ」

そうですね、といって登兵衛が表情に陰を落とす。

「石坂さまのおっしゃる通りです。遺族には手厚く報いるようにいたします」

それで残された者の悲しみがいえるはずもないが、なにもしないよりはましだろう、と直之進は思った。

徳左衛門が頭をあげる。

「いろいろあるようだが、湯瀬どの、しばらくは登兵衛どののそばにいてくれぬか。それがしからもよろしく頼む」

徳左衛門に丁重にいわれては、むげに断るわけにはいかない。
直之進は了解した。

第四章

一

直之進が、太之助という男と去ってゆく。
二人は道を曲がってゆき、姿はあっさりと見えなくなった。
なんとなく心細い思いに、琢ノ介はとらわれた。
直之進が去り際に、無理するな、といったことがきいている。
さて、どうする。
直之進もいっていたが、うまい考えは浮かばない。
どうすればいい。どうすれば祥吉を見つけることができる。
一応、米田屋に戻った。
やはり祥吉は戻っていない。おあきは寝こんだままだ。憔悴しきっている。

おあきさんの輝くような笑顔を見たい。見たくてならない。

わしの使命は、と琢ノ介は思った。おあきさんに笑いを取り戻すことだ。

となれば、することは一つ。祥吉を見つけだすことだ。

だが、その手立てがわからない。

くそっ、なんという能なしぶりだ。

光右衛門とおきく、おれんの姉妹も店にいる。だが、店はひらいていない。休業している。

それは当たり前だろう。祥吉がいなくなってしまったのに、商売をしている暇があるわけがない。

明るい家族が意気消沈してしまっている。なんともやりきれなく、いたたまれず、琢ノ介は外に出た。

風にでも当たればいい考えが浮かぶかと思ったが、そんなことはなかった。

「あのう」

横から声をかけられた。

「あっ」

琢ノ介は目をみはった。

栗吉のことを教えてくれたあの女が眼前にいたからだ。

「祥吉ちゃん、見つかっていないんですね」

琢ノ介の顔色から読んだようだ。

「ああ、雑司ヶ谷村の栗吉の家に行ってみたが、やつはいなかった。すでに越していたんだ」

「そうなんですよね」

女が微妙ないい方をしたのに、琢ノ介は気づいた。

「まさかおぬし、栗吉の新しい住みかを知っているのではあるまいな」

「そのまさかです」

「まことか」

「はい。今度は確かめてきましたから、大丈夫です。あの男はそこにいます」

「どこだ。祥吉は一緒なのか」

残念そうに女が首を振る。

「それも確かめようと思ったのですけど、わかりませんでした」

「そうか」

琢ノ介は女を見つめた。

「とにかく、栗吉の家に連れていってくれぬか」

「お安いご用です」

女がきびすを返し、早足で歩きはじめた。

琢ノ介はあわててあとに続いた。

「やつはどこに住んでいるんだ。雑司ヶ谷村の人別帳には、小日向台町ということになっていたが」

女の華奢な背中に問いかける。

「小日向台町というのは、でたらめだったようですね。新しく越していったのは、牛込若松町です」

「そうか」

どのあたりにある町か琢ノ介は知っている。だが、これまで一度も足を踏み入れたことがない町だ。

「おぬし、どうして栗吉のことをそこまで知っているんだ」

「また商売で呼ばれたんです」

「そうだったのか」

この女は春をひさいでいる。漂う色香もそのあたりからきているのだろうか。

「そのとき祥吉のことに気づかなかったんだな」

責める口調にならぬよう気をつける。

「私も気を配っていたつもりだったのですけど、わかりませんでした」

「そうか」

琢ノ介は前を行く女を見た。

「なあ、名を教えてくれぬか」

女が振り返る。

「だって、名乗るほどの者ではありませんもの」

「そうはいっても、ここまでしてくれる者の名も知らぬというのはな」

「わかりました」

女がこっくりとうなずいた。

「りきといいます」

「おりきさんか。いい名だな」

「ありがとうございます」

これが本名かどうかは、どうでもいいことだ。祥吉のもとにたどりつけるか、それが最も大事なことだ。

だが、琢ノ介は、無理をするなという直之進の言葉も気になっている。なにしろ遣い手というのは、常人にはない勘が働くものだ。

直之進は、なにかいやな予感がしているような顔つきをしていた。

正直、琢ノ介はこうして一人で動くのに不安があった。おりきという女も、何者なのかわからないのだ。

直之進がいてくれたら、どんなに心強いだろうか。

そう思ったが、それ以上に祥吉は心細いだろうことに思い当たる。

祥吉を助けだす。琢ノ介は思いをその一点にしぼることで、不安をかろうじて抑えた。

「おりきさん、でもどうしてここまでしてくれるんだ」

ずっと疑問に思っていたことだ。

「なにがですか」

おりきが不思議そうにきく。

「いや、だって祥吉のことなど、おりきさんには関係ないことだろう」

「正直に申せばそうでしょうね」

おりきは否定しなかった。

「でも、祥吉ちゃんのことを知らないわけではないし、子供のことでは私にもちょっとあるものですから」

「ちょっとあるというと？」

おりきが寂しげにほほえむ。

「それはいずれ申しあげます」

「そうか。なら無理強いはするまい」

それから琢ノ介たちは、しばらく歩き続けた。

「こちらです」

牛込若松町に入って半町ほど行ったところで、おりきが足をとめた。

「武家屋敷ではないか」

ただし、そんなに広い屋敷ではない。小禄の旗本が住んでいそうだ。

「ええ、こちらにあの男はいます」

「武家屋敷に。どうしてだ」

「今、この屋敷は空き家です。その留守番をしているといっていました」

「空き屋敷の留守番だと。町人がか」

「ええ。私にもどういういきさつがあったのか、わかりませんけど」

おかしい、と勘が告げている。

ただし、ここまで来てなにもせずに帰るわけにはいかない。

道の反対側は町屋がずっと続いている。人影が途切れることはないが、琢ノ介に興味津々という視線を向ける者はいない。

琢ノ介はくぐり戸を押した。

風にでも吹かれたかのように、力なく戸がひらいた。

「おりきさんはここで待っていてくれ」

「はい、わかりました」

琢ノ介はおりきにうなずいてみせてから、戸に身をくぐらせた。

正面に母屋が建っている。玄関はあいており、式台が見えていた。

ここに祥吉がいるのだろうか。

琢ノ介は慎重に進み、母屋にあがった。

廊下を進み、最初にあらわれた右手の襖をあけた。

誰もいない。座敷に足を踏み入れ、奥の襖を目指した。

その襖をあけようとした。いきなり刀が突き通ってきた。

幸運にも、右の脇の下を切っ先は抜けていった。

「うわっ、なんだ」

琢ノ介は飛び退いた。刀に手を置き、鯉口を切った。

襖が激しい音を立てて、こちら側に倒れてきた。蹴破られたのだ。

同時に一人の男が突進してきた。顔を頭巾ですっぽりと覆っている。

斜めに刀が振りおろされる。

うわっ。

琢ノ介はうしろに下がった。それしかよけるすべがなかった。

胴に刀が払われる。琢ノ介は横に動くことでかわした。

それにしても鋭い斬撃だ。

この感じは前に味わったことがある。

いつのことか。

そうだ、土崎周蔵が中西道場にあらわれたときのことだ。

あのときの周蔵の標的は中西悦之進だったが、琢ノ介は代わりに相手を引き受けることで、悦之進を救ったのだ。

その後、悦之進は周蔵に討たれてしまったから、あのとき助けたことに意味はなくなったのだが、あのとき命を賭して身代わりになったことは、琢ノ介にとっては決して意味のないことではなかった。

刀は次々に振られる。

やはり直之進の言《げん》は正しかった。一人でふらふらとおりきという女についてきたのは、明らかにしくじりだ。

罠だったのだ。

ここに祥吉はいないのだろう。考えてみれば、悦之進たちもこうして人けのない屋敷に導かれて討たれてしまったのだ。

琢ノ介にあらがうつもりはなかった。ここは逃げるしか道はない。

襲いくる刃を逃れ、琢ノ介は転ぶようにして外に出た。

あたりは人が行きかっている。頭巾の男は、外まで追ってこなかった。

琢ノ介はなんとか生きのびることができた。どこにも傷は負っていない。痛みもない。着物が少しほつれている。

「死ぬところだったぜ」

琢ノ介は町屋に身を寄せつつ、額や顔に浮かんだ玉のような汗をぬぐった。動悸がおさまらない。息が五里も駆けたかのように荒い。

「どうかしたんですか」

男にきかれた。見ると、そこは小間物屋だった。男はあるじのようだ。

「その空き屋敷だが、誰の屋敷だ」

琢ノ介は指さした。

「えっ」

あるじが意外そうにする。

「空き屋敷ですから、どなたのお屋敷でもございません」

「ああ、そうだな。前は誰の屋敷だった」

「定岡《さだおか》さまという小普請組のお旗本が暮らしていらっしゃいました」

「その定岡はどうした」

「栄転なさいまして、市ヶ谷のほうのどこぞの組屋敷に入られたようですよ」

「移ったのはいつのことだ」

「かれこれ三月《みつき》はたちましょうか」

「そんなにか」

琢ノ介はようやく息が落ち着いた。

くそう、謀られた。

歩きだして、すぐに足をとめた。

おりきが立っていたからだ。子供を横抱きにしている。

「祥吉ではないか」

琢ノ介は駆け寄った。

「おぬし、わしをたばかったな」

おりきがなにもいわず、祥吉を押しつけるようにした。

琢ノ介は祥吉を抱くしかなかった。頼みますというように一礼してから、おりきが走り去った。

琢ノ介はなにが起きたのかわからず、呆然としていたが、腕のなかの祥吉は静かに呼吸をしていた。脈も力強く打っている。

安堵の思いが強すぎて、腰が抜けそうだった。


くそう、逃がした。

緒加屋増左衛門は歯嚙みした。あそこまで追いつめながら、逃がした。

佐之助に続いて、まさか琢ノ介まで逃がすとは。

なんというしくじりだ。自分が情けなくなってくる。

腕が落ちたのか。

そうとしか考えられない。

戸があく音がし、足音が近づいてきた。

増左衛門がいるのは、緒加屋の別邸の一つだ。

おりきが居間に姿を見せた。

「戻ってきたか」

「ええ」

「やつに子供を返したか」

「ええ」

おりきが言葉少なに答える。

「そうか」

かどわかしたものの、祥吉ははなから殺すつもりはなかった。琢ノ介を始末したら、米田屋に返す気でいた。

子供までは殺せない。そのあたりに自分の甘さがあるのか。

佐之助、琢ノ介。この二人を殺すつもりで増左衛門は策を練った。

二人を殺してしまえば、湯瀬直之進を討つのがたやすくなるのではないかという思いからだったが、二人とも実にしぶとかった。

直之進もしぶといのか。だからこそ周蔵も殺られてしまったのか。

だが、わしは決してやつには殺られぬ。

なにしろ一度死んだ身だ。だから、怖いものなどない。

一年前、殿中《でんちゅう》で人を一人刺し殺し、切腹か斬首になるところをどうしてか助けられた。斬首になったことにされ、緒加屋の主人となった。

剣の腕を認められたようだ。それと、周蔵が島丘伸之丞に仕えていたことも、大きかったのだろう。

それでも、幕府内の巨大な力が働かない限り、俺を生かすことなど到底無理だ。

島丘伸之丞という男は、それだけのつてを幕府内に持っていることになる。

いったい何者なのか。

いや、まだそれはいい。

直之進を殺す。

今はそれだけに集中することだ。

二

虎子造のあの屋敷は、実際には誰のものなのか。

左肩の痛みに耐えつつ佐之助は調べているが、まったくわからない。

屋敷の持ち主がわからない。こんなことがあっていいものなのか。

下高田村の名主は、幕府のかなり上の者の屋敷ではないかといっていた。

上の者か、と佐之助は思った。どういう者を指すのだろう。

通常、幕府で最も上に位置する者は老中だ。

さすがに佐之助は、首をひねらざるを得ない。まさか老中ではあるまい。そんな大物が出てくるはずがない。

いや、どうだろうか。

利八の死など一連の事件の発端は、安売りの米だ。

米はこの日の本の国の基をなすものだ。札差など江戸で最も裕福な者たちは、米を自在に扱うことで巨大な利を得ている。

そういう大きな金が動くところに、政《まつりごと》がからんでくるのは至極当然のことにすぎず、それならば老中のような大物が絡んできても、決して不思議ではないような気がする。

仮に老中でなくとも、若年寄や寺社奉行、勘定奉行ということは十分に考えられる。

考えてみれば、今、湯瀬が用心棒をつとめているのは登兵衛という、札差の一人という話ではないか。

それに、三人の御蔵役人が殺されたという話もきいた。御蔵役人は、幕府直轄地から入る米を扱う役人だ。

この役人が殺されたというのも、米に絡んでなにかあるにちがいない。

三人の御蔵役人の死は、口封じという話を耳にした覚えもある。

誰に対しての口封じなのか。

利八が殺されたのも、安売りの米のことを調べだしたからだ。

湯瀬の動きからして、登兵衛も同じ安売りの米のことを調べているらしい。

となると、俺が調べるべきは一つだ。

佐之助は、おのれがなにをすべきかわかってきた。

とにかく、安売りの米がどこから流れてきているのか。これを調べれば虎子造という男のもとにたどりつけるのではないか。

ここまではわかったものの、さてそれではどこから手をつければいいか。

利八のあとをたどることが一番か。

いや、だがそれはもうすでにしたことを思いだした。

料永がもともと米を仕入れていたのは、華岡屋《はなおかや》という米屋だ。

それを料永の仕入担当だった善造が二割も安いという理由から、伯耆屋《ほうきや》という米屋に替えたのだ。

伯耆屋のあるじは確か鷹之助《たかのすけ》といったはずだが、一度脅すように話をきいている。

ただ、もう一度話をきくのも悪くないかもしれない。

その前に善造に当たってみることにした。そうすれば、利八がなにを調べはじめていたか、新たな事実が判明するかもしれない。

その日の深夜、佐之助は善造の家に忍びこんだ。

これが三度目だ。

善造は妾と同じ部屋ですでに眠っていた。妾をまた気絶させ、善造を揺り起こした。

三度目ともなると、さすがに善造にさしたる動揺は見られない。

「落ち着いたものではないか」

佐之助はほめた。

善造が唾を飲みこんだ。

「とんでもない。今も怖くて……」

「おとなしく答えれば、なにもしないというのはわかっているだろう」

「わかってはいるけれど、怖いものは怖い」

それは本音だろう。どんなに戸締まりをかたくしても入りこまれてしまうというのは、いい気分であるはずがない。

「それでなんですか。またききたいことがあるんですか」

「そうだ。察しがいいな」

「もう三度目ともなれば、わからないほうがおかしい」

「それは道理だな」

佐之助は笑いかけたが、いつものようにほっかむりをしており、善造に通じたかはわからなかった。

「それでなにがききたいんですか」

「料永のあるじの利八のことだ」

「旦那さまのなにを」

「きさまが米屋を替えたとき、利八はなにを調べていた」

善造が意外そうな顔をする。

「どうして今さらそのようなことを」

「俺が知りたいからだ」

「わかりました」

善造は華岡屋から伯耆屋に米屋を替えたいきさつを語り、利八が伯耆屋のあるじの鷹之助に会いたいといったために、そのお膳立てをしたことを話した。

「鷹之助さんに会って、どうしてそんな安い米が入るのか、そのことを知りたいとおっしゃっていました。鷹之助さんと会ったあと、旦那さまは亡くなってしまいました」

そうだったな、と佐之助ははっきりと思いだした。伯耆屋鷹之助は、運送屋の信濃屋《しなのや》儀右衛門《ぎえもん》という男から安売りの米を買っていたのだ。

儀右衛門はとうに土崎周蔵に口封じをされており、この世にない。

周蔵は儀右衛門を口封じすることで、なにを守りたかったのだろう。

黒幕と思える者を守ろうとしたにちがいない。

儀右衛門のことを調べれば、なにか出てくるだろうか。

だが、儀右衛門が死んだのはもうだいぶ前の話だ。今から調べても、なにも出てこないのではないか。

それに口封じしたことで、上につながるようなことは一切残っていないのだろう。

鷹之助にもう一度会うか。

だが、やつはただ安売りの米を儀右衛門から仕入れたにすぎない。

それ以上のことはなにも知らないだろう。

安売りの米につながる別の手蔓を見つけなければならない。

それにはどうすればいいか。

しばらく思案してみたが、あまりいい考えも浮かばない。

こういうときはどうすればいいか。

思い浮かぶのはただ一つだった。

「どうかしたんですか」

善造がきいてきた。長い沈黙に入った佐之助に対し、さすがに黙っていられなくなったものらしい。

「なんでもない。では、これでな」

「多分、もう二度とここに来ることはないと思う。安心しろ」

「はあ」

「さようですか」

善造が全身の力が抜けたような安堵の息を漏らす。


一刻もはやく千勢の顔を見たかったが、深夜ということで我慢し、いったん隠れ家に戻り、仮眠をとった。

夜明けとともに起きだし、佐之助は音羽町四丁目にやってきた。千勢が住む甚右衛門店を目指す。

江戸の町は完全に目覚めている。行きかう者のなかには、やや疲れた顔つきをしている者もいないわけではないが、ほとんどの者がこれからはじまる今日という日に期待を持っている表情をしているように見える。

自分とは異なり、誰もが一所懸命にまじめに生きているように感じる。まじめに生きてさえいれば、きっといいことがあると信じている顔だ。

自分もそうなりたい。

佐之助は思った。家を出るとき、町方役人がいないことを確かめるような暮らしは、もう勘弁してもらいたい。

だが、真っ当になったからといって、役人に追われる暮らしに変わりはない。

それが少しつらく感じられるのは、やはり千勢との暮らしを望んでいるからか。

甚右衛門店に着いた。

千勢の店の前に行き、訪いを入れる。味噌汁の香りがしている。これは千勢がつくったものだろうか。

飲みたい。最高にうまいだろう。

こういう幸せを俺は願っているのではないか。

障子戸があき、千勢が顔を見せた。佐之助を見て、笑ってくれた。

「いらっしゃい」

なかに入れてもらえた。

お咲希が佐之助を見て挨拶する。

「おじさん、おはよう」

「おはよう」

佐之助は返した。自然に笑みが出ている。昔、まだ旗本の部屋住だった頃は、こういうのが当たり前だった。

いつから当たり前でなくなってしまったのか。

やはり想い人だった晴奈《はるな》が病死し、さらに家が改易《かいえき》になってからだ。

千勢やお咲希と一緒に生きていければ、俺は昔のような輝きを取り戻せる。

それはもう、千代田城の石垣のように、揺るぎない確信となって心に居座っている。

「おじさん、朝餉は？」

お咲希にきかれた。

「まだだ」

「一緒にいかがですか」

千勢が笑みを浮かべていった。

「いいのか」

「もちろんです」

千勢が佐之助のための膳を取ろうと、棚の上に手をのばした。なかなか届かない。

「どれ、俺が取ろう」

佐之助の手はあっさりと膳にかかった。ただ、肩の傷が引きつり、痛みが走った。

「ほら」

「すみません」

千勢が受け取る。

「やっぱり男の人はちがうわあ」

お咲希がうれしそうな声をあげる。

千勢がてきぱきと動き、お咲希もその手伝いをして、朝餉ができあがった。

お咲希が佐之助の前に膳を運んできた。

「おじさん、お待ちどおさま」

「ありがとう」

佐之助は素直に礼がいえた。

三人で朝餉を食べはじめた。

「千勢さん、楽しいね」

お咲希は満面の笑みだ。

佐之助はさっそく味噌汁を味わった。具は豆腐だ。

「うまい」

声が出ていた。昔、母親がつくっていたのと同じで、しっかりとだしが取られている。

「よかった」

千勢が顔をほころばせる。

飯もふっくらと炊きあがっており、甘みが強くてうまかった。おかずはわかめの和《あ》え物《もの》に納豆と梅干しだったが、どれも佐之助の舌に合った。

満足して箸を置いた。

「おじさん、おいしかったでしょ」

「わかるか」

「わかるわ。千勢さん、すごく包丁が達者だし、おじさん、すごくうれしそうだし」

佐之助は顔をつるりとなでた。

「そうか。俺はそんなにうれしそうか」

「うん」

「あの」

千勢が遠慮がちに言葉を発する。

「怪我をしているのですか」

「わかるのか」

「ええ。さっきお膳を取ってもらったとき、顔をしかめたから」

佐之助は話をするいい機会だと判断し、この前のことを語った。お咲希にもちゃんときいてもらった。

「よかったね、無事で」

お咲希は素直に喜んでいる。

「ああ」

「気をつけてくださいね」

「そうしよう」

佐之助は千勢を見つめた。

「そういうわけだから、おぬしたちにもなにがあるか、正直わからぬ。身辺には気をつけてくれ」

佐之助はやや強い口調でいった。

「承知しました」

千勢が大きくうなずいてみせた。佐之助の気持ちがしっかりと伝わったのがわかる真剣さが表情に宿っている。

お咲希も同様の表情だ。

三

「湯瀬さま、来客です」

朝の五つすぎ、太之助にいわれて直之進は表にまわった。

田端村の登兵衛の別邸はさすがに広い。来客というのは、琢ノ介の使いとのことだ。

なにかまずいことがあったのでなければいいが。

そう思いながら、直之進は使者と会った。

「まことか」

声を放っていた。

「はい、まことです」

小日向東古川町の自身番で小者をつとめているという使者は、律儀に返してきた。

「確かに祥吉ちゃんは無事に戻ってきたそうです」

「それはよかった」

直之進は、どういうふうに見つかったかを知りたかったが、使者はそこまでは教えられていなかった。

話をききたければ、米田屋まで来い。そういうところだろうな。

直之進は使者に駄賃をやった。ありがとうございます、と使者はうれしそうに帰っていった。

直之進は登兵衛のもとに戻り、使者がどんな知らせを持ってきたかを伝えた。

「それはようございましたな」

登兵衛は、全身で喜びをあらわすような笑みを見せてくれた。

「湯瀬どの、本当によかったな」

徳左衛門も喜んでくれた。

「ありがとうございます」

直之進は素直に口にした。

「湯瀬さま、ここはけっこうですから、戻られたらいかがです」

登兵衛がいってくれた。

「まことか」

直之進は喜色を浮かべた。

「むろんです」

直之進は餌に食いつく魚のように体をひねって、徳左衛門を見た。

徳左衛門が苦笑する。

「そんなにうれしそうな顔をされては、いやとはいえまいて。うむ、もはやここは大丈夫でござろう。湯瀬どの、行きなされ」

直之進は二人の言葉に甘え、さっそく外に出た。歩きはじめる。

いい日和だ。朝方というのもあるのか、まだ暑くない。大気にはひんやりとしたものがまじっている。

風を切って歩いていると、とても気持ちがいい。

そうか、祥吉は帰ってきたか。おあきさんは喜んだだろうな。

はやく祥吉の顔を見たい。

知らず直之進は走りはじめていた。

疲れ切ったようで、祥吉は眠っていた。

まさに昏々《こんこん》と、というのがふさわしい眠り方だ。

一緒におあきも寝ていた。もう二度と放さないといわんばかりに、かたく祥吉を抱き締めている。

その姿を見て直之進は居間に引きあげた。

居間では琢ノ介だけでなく、光右衛門におきく、おれんが顔をそろえている。

「よかったな」

直之進は座りながらいった。四人がいっせいにうなずきを返す。

「本当にほっといたしましたよ」

光右衛門が安堵の息とともにいった。

「平川さまが祥吉を抱いてここに見えたときは、こんなにうれしいことがこの世にあるんだなあと心から思いました。平川さま、あのときは後光が射していましたよ」

「そんなことがあるものか」

琢ノ介が快活に笑う。

「いや、そうでもないか。わしには神のような力があるから、米田屋が後光を見たというのもあながち誤りともいえんかな」

「とにかく、ようございました」

おきくがしみじみいった。おれんも横で深くうなずいている。

「それで直之進、これからどうする。登兵衛どのは徳左衛門どのにまかせるのか」

「俺は富士太郎さんのほうに戻ろうと思う。牢からだしてやらなきゃどうしようもない」

「そういえばそうだった。あいつ、ずっと入っているな。入りっぱなしだ」

「厳しく調べられているにちがいない。一刻もはやく、無実であるのを明かしてやらぬと」

直之進は、そのことに全力をあげるつもりでいる。

「わしも手伝おうか」

直之進はかぶりを振った。

「琢ノ介、おぬしはここにいろ」

「邪魔だというのか」

「そうではない」

直之進は光右衛門たちの顔を順繰りに眺めていった。

「まず、祥吉ちゃんから目を離すな。それに米田屋だけでなく、おきくちゃん、おれんちゃんもひどく疲れた顔をしているではないか。風邪を引いているときに無理をしたからだろう。琢ノ介、ここはおぬしが店を守り立ててやれ」

「わしがか。できるかな」

直之進はまっすぐ琢ノ介を見た。

「できるに決まっているさ。それに琢ノ介、おぬし、実はもう商売の楽しさに目覚めているのではないのか」

「なんだ、ばれていたか」

琢ノ介が子供のように舌をだす。

「直之進のいう通りだ。この商売は楽しい。ずっとやりたい気分だ」

光右衛門が、あっけにとられた顔で琢ノ介を見ている。

「平川さまがですか」

「なんだ、わしでは不満か」

「祥吉を取り戻していただいてこんなことを申しあげるのはどうかと思います

が、手前といたしましては、湯瀬さまのほうがいいなあと考える次第でございます」

「しかし米田屋、直之進にこの店に入る気があるとは思えんのだがな」

「では、平川さまにはおありなので？」

「あるとも」

胸を叩くような勢いでいう。

「おきくかおれんのどちらかを嫁にもらい、この家の養子になってやってもいいぞ」

「えー」

おきくとおれんが声をそろえた。

「娘どももこう申していますし、平川さま、どうか、考え直していただけませんか」

「米田屋、わしのようにつかえる男は滅多におらぬぞ」

琢ノ介はしぶとくいい張っている。

本当はおあきさんがいいんだろう、といいたかったが、直之進はそれをこらえ、米田屋を出た。

琢ノ介たち四人で見送ってくれた。おきくとおれんは、直之進が見えなくなるまで手を振ってくれていた。

いいものだなあ。

直之進はあたたかさで心が満たされるのを感じた。

やはり米田屋には、ああいう明るさが似合っている。

祥吉が戻ってきて本当によかった。


深川北森下町までやってきた。

この町に緒加屋がある。

久しぶりというほどときを置いたわけではないが、町に対してどことなくなつかしさがある。

直之進は、緒加屋のはす向かいにある塩問屋に入った。

蔵にいたのは、和四郎だけだった。祥吉が無事戻ったことを告げてから、様子をきいた。

「珠吉はどうした」

「いや、それがこのところずっといないんですよ」

「じゃあ、和四郎どのはずっと一人で緒加屋を張っていたのか」

「そうです。別邸の急をきいて、行きたくもありましたが、我慢しました」

「そうだったか」

しかしおかしいな、と直之進は思った。珠吉はそんな勝手をするような男ではない。

なにかあったのではないか。

なにかないとしても、先走るような真似をしなければいいが、と思う。

直之進は心配でならない。

「珠吉さんはおそらく、しびれを切らしたのではないかと思いますよ」

直之進は和四郎を見つめた。

「ここで張っていることに、我慢がきかなくなったというのか」

「じっとしているのがいやになってしまったんでしょうね。緒加屋にはなんの動きもありませんから」

じっとしているだけでは、富士太郎を救うことはできないと判断したのだろう。

琢ノ介が罠に落ち、すごい遣い手に襲われたとのことだが、珠吉も同じ目に遭うかもしれない。その危険は十分にある。

　黒幕と思える者は、邪魔者はすべて消す、という感じに今はなっている。

　周蔵が死んだことで、黒幕はいよいよ焦りを覚えているのかもしれない。

　焦ってくれたほうがへまを犯す度合が高くなるのは事実で、直之進たちにとってはありがたいことだが、逆に破れかぶれになったときが怖い。

　窮鼠、猫を噛むというところだ。そうなってしまうと、なにが起きるかわからない。

　こちらが予期しないことが起きても、決して不思議ではない。

　だが、今は珠吉がどこでなにをしているのか、確かめるすべはない。

　直之進は、ここで緒加屋を張るしか道はなかった。

「様子がおかしいですね」

　連子窓から緒加屋の様子を見続けている和四郎がいった。

「どうした」

「ご覧になってください。もうとうに店がひらいていなければならない刻限なのに、まだ戸が閉まったままです」

「確かにそうだな」

金を借りに来たらしい者が、店先にかなりたまっている。

「こんなことはこれまでなかったですよ」

「どうしたのかな」

「見に行きませんか」

直之進と和四郎は緒加屋の前に来た。

やはり戸はがっちりと閉まったままで、あく様子は一切ない。

「今日は休みにするんでしょうか」

「かもしれんが……」

直之進は神経を集中し、緒加屋のなかの気配を嗅いだ。

「誰もいないようだ」

「さようですか」

店先にはすでに二十名以上の客がいる。騒ぎだしている。

「どうしたんだよ」

「はやくあけてくれ」

「金を貸してもらわないとまずいんだよ」

そんな声が、客たちのあいだから次々にあがる。

だが、緒加屋は沈黙を保ったままだ。

「まさか廃業したわけではあるまいな」

直之進がいうと、その声を耳にした者がぎょっとする。

「えっ、お侍、本当ですかい」

「冗談はやめてくだせえ」

直之進は、いい募る二人の町人を見つめた。

その顔を見ているうちに、緒加屋の廃業は本当のことなのではないかと思うようになった。

張りこみが知られていたのではないか。

それとも、やはり富士太郎に目をつけられたことが発端となり、こうしなければ悪事が露見し、逃げ切れないと判断したのか。

それにしても、と直之進は思う。あれだけ繁盛していた店を、こんなにたやすく廃業できるというのは、緒加屋増左衛門はいったいどれだけの財力を誇っているのだろう。

四

和四郎には悪いと思っている。

黙って蔵を出てきてしまって、すまない気持ちで珠吉は一杯だ。

でも、やはりあの蔵のなかで緒加屋を張っているだけというのは、我慢できない。

動いていなければ、富士太郎を救うことはできないという思いが珠吉のなかでますますふくれあがっている。

だが、だからといってどうすればいいという、いい知恵は浮かんでいない。

樺山の旦那は、と珠吉は思った。今どうしているんだろう。

牢のなか、一人寂しい思いをしているにちがいない。

泣いてはいないだろうか。もともと子供の頃から泣き虫だ。

そんなことを考えたら、せつなくなって珠吉は涙が出てきた。

どうも最近は涙もろくなっていけねえや。

腹が空いている。牢につながれ、うまい物など食べていない富士太郎には悪いが、とりあえず腹ごしらえをすることにした。

目についた蕎麦屋に入り、ざる蕎麦を二枚、注文した。

小女が持ってきてくれた蕎麦切りを、ずるずるとやる。

うめえなあ。

この麵の腰と甘みはどうだろう。こんなにうまい物、誰が考えだしたのだろう。

その人に感謝したくなる。

珠吉は蕎麦がきも、きらいではないが、やはり蕎麦切りのほうが好きだ。うまさが格段にちがう。

ああ、はやく旦那を牢からだして、腹一杯食べさせてやりてえなあ。

すっかり満足して、珠吉は店を出ようとした。いつもは富士太郎が一緒で、代を持ってくれる。

しかし今は自分で払わなければならないのが、とてつもなく寂しかった。

そういえば、と珠吉は思った。旦那が朱鷺助という陰間の死骸とともに見つかった場所は、どこなんだろう。

それをこれまで知らなかったことが、へまのように思えてきた。

奉行所に行き、誰かにきいたほうがいいだろうか。それとも、今さら知ったところでどうでもいいことだろうか。

珠吉は迷った。

「あのう」

横合いから声をかけられた。

「珠吉さんですか」

「そうだが」

答えながら珠吉は目を見ひらいた。そばに立っているのが若い娘だったからだ。

若いといっても、自分に比してのことで、世間一般には大年増だろう。

だがどこか陰が感じられ、それがこの女の美しさを引き立てていた。

「今、樺山の旦那の濡衣を晴らそうとしているんですよね」

珠吉は目をみはった。どうしてそのことを知っている、ときこうとしてとどまった。

「ちがうんですか」

「答える必要はなかろう。用件はなんだ」

女が、力む珠吉を見て嫣然《えんぜん》と笑う。

「でも、今、緒加屋さんを調べているんでしょう」

「どうしてそれを」

しまったと思ったが、もうおそい。

「やっぱり」

女がいかにも楽しそうにいう。

「私、お役に立てるかもしれませんよ」

「どういうことでえ」

「そんなにすごまないでくださいな。そんなことを女にしても、意味がありませんよ」

いなされるようにいわれ、珠吉は体から力を抜いた。

「それで、どういうふうに役立てるのかな」

「私、以前、緒加屋さんで女中をしていたんです。だから、さまざまなことを知っているんですよ。いろいろ教えて差しあげますよ」

「ただでいいのか」

女が小刻みに首を振った。

「冗談いっちゃあ、困りますよ。私、暮らしに困っているんですから」

「わしに金があると思っているのか」

「そのあたり、あとでなんとでもなるでしょうに」

確かに、富士太郎にいえばそれなりにまとまった金は払ってもらえるだろう。

「でも珠吉さん、なにもせずに信用しろというのは無理でしょう。いかがです、緒加屋さんの秘密の一端をご覧になりませんか」

「秘密の一端？」

「どうですか。ご覧になりたくありませんか。連れていきますよ」

なんなんだ、この女は。いったい何者なのか。

だが、緒加屋という言葉に逆らうことはできない。しかも、秘密を見せるといっているのだ。

「わかった。行こう」

女が笑う。笑っても、やはり陰が感じられる。

なんだろう、この寂しい感じは。

「その前に、おまえさんの名をきいておこう」

「私は、りきといいます」

「おりきさんか」

「いい名でしょう?」

「ああ」

珠吉は、おりきの持つ陰に引かれるように歩きだした。

もう駄目なのかなあ。

富士太郎は意気消沈している。

連日の取り調べも厳しいし、珠吉をはじめとして、誰も会いに来てくれない。

直之進さんも来てくれない。

母上も同じだ。

みんな、どうしているのだろう。

おいらのことなんか、もう忘れちまっているんだろうか。

それとも、もう見捨てられたのか。

おいらが朱鷺助を殺した犯人と見ているのだろうか。

もう斬罪が決まった男など、顔を見ても仕方ないから、誰も来てくれないのか。

そんな。

おいらは殺してなんかいないよお。

取り調べに当たっている吟味方の増元半三郎にも、同じことを繰り返している。

それがしは殺っていません、と。

だが、それはもう無駄なことなのか。もしそうだしたら、生きていても仕方ない。

死んでしまおうか。

でもどうやって。このせまい牢では首をつることなどできない。

それなら、牢格子に頭をぶつけようか。それを続けていれば、きっと死ねるんじゃないのかなあ。

いや、馬鹿なことを思うんじゃないよ。いったいおいらはなにを考えているんだろう。

おいらは無実なんだから、がんばってさえいれば、きっとここから出られるよ。

そう信じて富士太郎は目を閉じた。そうしないと、涙がこぼれ落ちそうだったからだ。

五

緒加屋が店を閉めたのは、もうまちがいないものになった。

翌日も店をひらかなかったからだ。

直之進としては、店のなかを調べたかったが、富士太郎の濡衣を晴らせるような手がかりは、きっとなにも残していないだろう。

直之進と和四郎は、緒加屋の手がかりを求めて探し続けた。

しかしなにも見つからない。

深川北森下町の名主に頼み、人別帳を見せてもらったが、人別送りはされておらず、形の上では緒加屋増左衛門は一人、あの店を住みかに暮らしていることになっている。

「こうなる前に、踏みこんでおくべきでしたか」

後悔をしている顔で、和四郎がきく。

「かもしれんが、今それを考えたところでしようがないな」

「そうなんですよね」

和四郎が無念そうに首を振る。

「手前がちゃんと見張っていれば、緒加屋が出てゆくところを見ていたはずなんですよ」

「いや、それは無理だろう」

直之進がいうと、和四郎が見返した。

「どうしてです」

「どうも俺たちがあの蔵で張っていたのは、知られていたような気がしてならぬのだ」

「えっ、そうなのですか」

「うむ、あくまでも俺の勘だが」

和四郎がかたく腕を組む。

「しかし湯瀬さまほどの遣い手の勘というのは、常人とは異なりますからね。まちがいなく当たっているでしょう。そうか、知られていたのですね」

和四郎が眉根を寄せた。

「それにしても、緒加屋はどこに姿を消したんでしょう。緒加屋一人ならともかく、番頭などの奉公人たちも一緒ですから、そんなにたやすく消えることなど、できるとは思えないんですけど」

「奉公人も一味なんだろう。一蓮托生と考えれば、一緒に姿を消した意味もわかろうというものだ」


その夜、はやい刻限に直之進は久しぶりに湯屋へ行った。

いつ以来かわからないくらいで、湯は相変わらず汚かったが、汗を流すことができてとてもさっぱりでき、満足した。

一緒に入った和四郎もたまった垢を落とすことができて、うれしそうだった。

そのあと田端村に向かい、登兵衛の別邸で食事をとった。

緒加屋増左衛門の行方は知れないが、その夜は湯屋に行ったためもあったか、熟睡できた。

翌日、和四郎とともに別邸を出た直之進は再び緒加屋捜しをはじめた。

蛇の道は蛇ということで、金貸しを訪れては次々に話をきいていった。

金貸しというと、強欲で脂ぎった男があるじという思いを持っていたが、物腰が穏やかでていねいな話し方をする者がほとんどであることに、直之進は驚いた。

一日中、金貸しを当たり続けたが、結局、緒加屋の居どころにつながるような手がかりをつかむことはできなかった。

つまり、またも富士太郎を牢から解き放つときが遠ざかったというわけだ。

富士太郎に対し、申しわけない気持ちになってくる。自らの無力さも痛烈に覚える。

「和四郎どの、米田屋に寄っていってもいいかな」

「ええ、かまいません」

夜のとばりがおり、米田屋はすでに閉まっていた。

訪いを入れると、光右衛門をはじめとして、みんな、喜んでくれた。

おあきと祥吉も笑顔を取り戻している。

琢ノ介はあるじみたいな顔をしていた。すっかり口入屋という商売になじんでいる様子だ。

それを見て、直之進は少しうらやましかった。一時、光右衛門が体調を崩した際、直之進が代わりに外まわりをし、いろいろなところから求人の注文をもらってきたことがあった。

あの仕事には主家に仕えていた侍では、決して味わうことのできない喜びがあった。仕事を通じての人との触れ合いが、あんなに楽しいものだとは思わなかった。

仕事とはいえ、やはり人なのだ。人同士の結びつきの大切さを、あのときは教えられたような気がする。

それと同じ喜びを覚えているからこそ、琢ノ介はこれだけ血色がよく、しかも機嫌がいいのだろう。

光右衛門たちが夕餉を食べていってくださいというので、和四郎ともどもご馳走になることにした。

おきくとおれんが腕をふるった夕餉をとり、直之進はすっかり満足した。これでさらなる探索の力がわこうというものだ。

茶を喫している最中、米田屋に来客があった。

光右衛門が応対したが、途中、琢ノ介が出てゆき、直之進も呼ばれた。

店の土間には明かりが灯されており、そこに立っているのは年寄りの女だった。直之進に見覚えはない。

「直之進、こちらは珠吉の女房だそうだ。名はおつなさんだ」

琢ノ介がささやいてきた。

「えっ」

直之進は驚いて、おつなという女を見た。疲れた顔をしている。今にも泣きだしそうに見えた。

「珠吉になにかあったのか」

直之進は琢ノ介にただした。

「うむ、行方がわからなくなっているらしい」

「なんだと」

直之進はおつなを見つめた。

「いつから行方知れずなんだ」

おつなが顔をあげて、直之進を見る。

「今日で二日目です。これまでも張りこみなどでもっと長く留守にしたことがあったのですけど、あの人は必ずそのことを私にいってくれました。今回のようになにもいわずに留守にするのははじめてなので、とても心配なのです。樺山の旦那のこともあって、あの人は必死に動いてましたから、なにかあったのではないかという気がしてならないのです」

予感が当たったのではないか。

直之進は思い、おつなと同じように珠吉の身を案じた。

ちっくしょう。

珠吉はうなり声をあげた。

実際に声として出ているか、怪しいものだ。

体中が痛いのだ。

昨日、珠吉はおりきと名乗った女に連れられ、市ヶ谷土取場《つちとりば》町《ちょう》という小さな町にやってきた。

緒加屋の秘密ということで、珠吉が足を踏み入れることになったのは、武家のものとしてはこぢんまりとした屋敷だった。

紛れもなく空き屋敷だ。しかも、屋敷のあるじが出ていってから、かなりのときが経過している様子だった。

屋敷にはおりきも一緒に入ってきた。そこに油断があり、いきなり横合いの襖があき、鞘のこじりでみぞおちを突かれて気を失ったのだ。

目覚めたとき、身動きがまったくできなかった。手足に、かたく縛《いまし》めがされていたからだ。ごていねいに猿ぐつわもされていた。

珠吉は古ぼけた畳の上に転がされていた。

ふと気配を感じて目を動かすと、薄暗い部屋にほっかむりを深くした男が立っていた。珠吉をにらみつけているのがわかる。

にらみ返した途端、男はいきなり近づいてきた。珠吉は頰を張り飛ばされた。

それを合図にしたのか、まるで責められているように殴られ続けた。

途中から、男は竹刀で叩きはじめた。強烈な痛みが次々に襲う。

どうしてこんなにこっぴどく殴られているのか、珠吉にはさっぱりわからなかった。

男は無言だった。それが場数を踏んできている珠吉にも、不気味に映った。

半刻ほど殴られ続け、それが終わったのはおりきが男に、それぐらいにしておいたら、と声をかけたからだ。

男はおりきに逆らわず、竹刀を刀の血振りのように振ると畳に転がし、さっさと部屋を出ていった。

珠吉はおりきに悪口雑言をぶつけたかったが、残念ながら口が腫れあがり、声すら出なかった。

おりきは申しわけないといいたげな目で、しばらく珠吉を見ていた。それから男を追うように出ていった。

それからどのくらいのときがたったのか。

一日たったのか、二日たったのか、それとも一刻ほどしか経過していないのか、さっぱりわからない。

あれ以来、この部屋には誰もやってこない。部屋は、きたない壁に三方がふさがれ、正面は破れかけた襖になっている。腹は空かないが、喉の渇きは耐えられないものがある。

これだけ渇いているとなると、やはり一日以上はたっているのか。

ちくしょう。

珠吉は体に力がまったく入らない。ほとんど瀕死《ひんし》といっていいのではないか。

手足には縛めがされているが、そんなものは正直、必要ない。動けないのだから。

珠吉は目を閉じているしかなかった。

まどろんでいたのかもしれない。

女房の夢を見たような気がする。女房は夢のなかで、珠吉を必死に捜していた。

珠吉は、ここにいるぜと声を張りあげたが、女房には届かなかった。

女房とはちがう声がきこえているのに気づいた。

「珠吉さん、起きて」

珠吉は目をあけた。

「なんでえ」

思わず声を荒げた。目の前にいて、体を揺さぶっていたのがおりきだったからだ。

声がふつうに出たのに、珠吉は安心した。猿ぐつわがいつしかはずれている。

「逃げましょう」

「どうして」

「逃げたくないの？」

珠吉はどういうことかわからず、おりきを見つめた。

「今、あの男は湯に入っているの。一度入ると長いから、逃げるのなら今しかないの」

「どうしてこんな真似をする。おめえは、あの男の仲間だろうが」

「仲間じゃないわ」

「どうしてだ」

「わけはあとで話すわ。起きて」

珠吉は上体を起こされた。おりきが縛めを取る。猿ぐつわもおりきがはずしたのだろう。

縄が取れて、体が一気に軽くなった。珠吉は自力で立ちあがった。

だが、あまりの痛みに顔をしかめざるを得なかった。歩くこともできない。

おりきが横から支えてくれた。

「これで少しは動ける？」

「ああ」

せまい屋敷というのもあるのか、意外にあっけなく外に出ることができた。

朝のようだ。相変わらず埃っぽい道を、多くの人が行きかっている。これから仕事に行く者ばかりなのだ。

これだけ人の目があれば、あの男が仮に追いかけてきたとしても、手だしはできないだろう。

珠吉は気持ちが少しは落ち着き、余裕ができた。

おりきにどうしてこんな真似をするのか、理由をきいた。

「さっきのあの男は、緒加屋増左衛門です」

「えっ、あれがそうだったのか」

一度会っているが、ほっかむりと部屋の暗さでわからなかった。

それにあの迫力はどう見ても、商人には見えない。

「おりきさんはどうして緒加屋と一緒なんだい」

おりきが暗い顔になる。

「もしこんなことをしたことがあの男にばれたら、子供がどうなるか知れたものではないけれど、やはり珠吉さんを罠にかけるような真似をしたのは、人としてあってはならないことですものね」

珠吉はおりきの横顔を見つめた。

「子供がどうかしているのか」

「ええ、あの男に人質に取られているの」

「人質？　どうして」

おりきが力なく首を振る。

「それはいつか話せるときがくるかもしれない。でも、話すと長いの」

「そうなのか」

どうやら深い事情があるのを、珠吉は察した。

「子供のことはどうにもならないの。でも、なんとかしてあの男から取り戻したい」

おりきは悔しそうに唇を嚙み締めている。

「子供はどこにいるんだ」

「さっきの屋敷よ」

「えっ、そうなのか。居場所がわかっているのなら、なんとかなるんじゃないのか」

おりきが悲しげに首を落とす。

「それがどうにもならないの」

「どうして」

「どうしてもよ」

わけがわからない。

「でももしかすると、今夜が子供を取り戻すいい機会かもしれないわ」

珠吉は、おりきの瞳にきらりと光が走ったのを確かに見た。

「珠吉さん、どこに連れていけばいいの。安心できる場所はあるの?」

珠吉は、南町奉行所に連れていってほしいといった。

敷地内に中間長屋が建っており、その一軒には珠吉の無事な帰りを待ちわびている女がいる。

六

直之進と和四郎は、結局その晩、登兵衛の別邸には戻らず、米田屋に泊まった。

朝がきて、朝餉をとった。

礼をいって米田屋をあとにしようとしたとき、またおつなが姿を見せた。

珠吉が見つかったという。

ただし、ひどい怪我をしていて動けないとのことだ。

わけを説明したいから、是非とも直之進に奉行所内の中間長屋に足を運んでもらいたいという。

直之進に否応はなく、和四郎と一緒に南町奉行所に向かった。琢ノ介も行きたがったが、祥吉の用心棒としてとどまるように、直之進が説得した。

予期した以上に、珠吉は重い傷を負っていた。

「大丈夫か」

「大丈夫ですよ」

珠吉は気丈に笑い、なにがあったのか詳細に語った。

「きっとその空き屋敷に緒加屋はいるはずです。とらえてください。あっしにこんなことをしただけで、十分な理由になります」

「そうだな」

直之進はいって、珠吉を見た。

「そのおりきという女はどうした」

「あっしをここに送り届けて、姿を消しました。子供を取り返しに行ったのではないかと思います」

「そうか。その女もなんとかしてやりたいな。心ならずも、緒加屋に荷担しているようだ」

隆泉という料亭で富士太郎に毒を盛ったのも、このおりきという女ではないか。

「ええ、なんとかお願いします」

珠吉が直之進を見つめる。

「捕り手を引き連れていきますか」

それも直之進は考えた。だが、それではそのおりきという女も罪に問われかねない。

それに加えて、緒加屋増左衛門をとらえた際、事情をまったくきけないことになりそうだ。

自分の力で引っとらえ、すべてを吐かせてから奉行所に緒加屋増左衛門を引き渡せばいい、と考えた。

直之進はその思いを述べた。

「では、一人で行かれますか」

珠吉がたずねる。

「ああ」

「手前もご一緒します」

和四郎が申し出る。

「いや、いかん」

直之進はかぶりを振った。

「どうしてです」

「俺はおぬしの用心棒だ。その俺がおぬしを危険な目に遭わせるわけにはいかんではないか」

「しかし——」

「いいんだ、和四郎どの」

直之進はやんわりと制した。

「ここにいてくれ。そのほうが安全だ。それに、どういうわけかわからぬが、緒加屋増左衛門は俺と話をしたいのではないか、という気がしてならぬ。それには一対一のほうがよい」

「でも向こうが一人とは限りませんよ」

「そうなんだが、俺は負けぬ」

渋る和四郎を説き伏せ、直之進は一人で南町奉行所をあとにした。

珠吉が書いてくれた絵図がなくても、市ヶ谷土取場町というのはすぐにわかった。緒加屋増左衛門がひそんでいる武家屋敷もわかった。

直之進はかたく閉じられている門の前に立った。くぐり戸を押す。きしむ音をさせて、戸がひらいた。

直之進は身をくぐらせた。

母屋にあがる。

殺気を感じた。

やはりな、と直之進は思った。緒加屋はここに俺をおびき寄せたかったのではないか。そんな気がした。

殺気に導かれるように、直之進は進んだ。

霧のように殺気がじんわりとにじみ出ている部屋があった。

直之進は襖をあけた。

全部で五名の侍が待ち構えていた。

真んなかに、一人だけ飛び抜けた手練がいる。教えられずとも、それは鶴と烏《からす》くらいの区別がついた。

この手練が琢ノ介を襲った侍だろう。他の四人は刀のほかに弓矢を手にしている。

「緒加屋増左衛門に会いたい」

直之進はいって、真んなかの侍を見つめた。

「その必要はないようだな。どうやらおぬしが緒加屋のようだ。もともと侍か」

「そうだ」

緒加屋増左衛門が低く答える。

「樺山富士太郎どのを罠にかけたのも、きさまか」

「そうだ。隆泉から一人出てきたあの同心は、道端でさんざんに吐いた。それはむろん薬のせいだが、そこを朱鷺助が声をかけ、あの小屋に引っぱっていった。あとは朱鷺助を殺し、樺山富士太郎をそばに寝かせた。血のついた匕首を置いてな」

ただ、それだけのことで、富士太郎は罠におちたのだ。

「しかしあの同心を罠にかけたのは、目障りだったからではないぞ。こうしてきさまに一人、来てもらうためだ。やつをああすれば、必ずきさまは前に出てくる」

「俺にうらみでも？」

「あるさ。きさまは弟を殺した」

「弟?」

誰のことか。考えるまでもなく、ぴんときた。

「土崎周蔵か。きさま、周蔵の兄か」

増左衛門が笑う。

「弟より剣の腕は上だぞ」

増左衛門が言葉を続ける。

「平川琢ノ介を殺そうと、栗吉という男をつかっておびきだそうとした。だが偶然、きさまは琢ノ介と出会い、一緒に栗吉の家に向かった。二人を相手にする不利を覚り、わしは雑司ヶ谷村のあの家をあとにしなければならなかった。琢ノ介は命冥加なやつよ」

そういうことだったのか、と直之進は空き家も同然だったあの家を思いだした。

その後、登兵衛の別邸を襲ったのは、琢ノ介から直之進を引き離すためだったのだ。そのためだけに人が一人殺された。直之進は許せない気持ちで一杯だ。

「黒幕の名をいえ。そうすれば、命は助けてやる」

「死ぬのはきさまだ」

直之進はわずかに腰を落とした。

「きさま、名は？」

「どうでもよかろう、そんなものは」

その通りだと直之進は思った。

「調べる気かもしれぬが、きさまにそれはかなわぬ。なぜなら、ここがきさまの死に場所だからだ」

増左衛門が刀を抜いた。正眼に構える。

できる、と直之進は思った。隙というものがまったくない。

だが、勝負は一瞬で決まるように思えた。他の四人の侍などこの勝負には関係ない。増左衛門を倒せば、退散する。

その四人は、直之進と増左衛門の気迫に押されたように動かずにいる。いや、動けないのだ。

直之進も抜刀した。

増左衛門が突進してきた。足さばきは能舞台を行くようになめらかだ。

上段からの振りおろしを直之進はまともに受けた。

腕がしびれる。刀を取り落としそうになった。

こんなに重い斬撃を受けたのは、久しぶりだ。佐之助以来だろう。

刀が胴に振られた。直之進はこれも受けとめた。

またも腕がしびれる。

今度は袈裟斬りが見舞われた。これはうしろに下がることでかわす。

すぐさま突きがきた。首をひねることでかろうじて避けた。

また上段からの振りおろしが浴びせられる。これを直之進は弾き返した。

強烈に腕が痛み、刀が手のうちからこぼれそうになった。

そこを増左衛門がつけこんできた。胴に刀を振る。

直之進は横に動いてかわした。

突きがきた。これは構え直した刀で、切っ先をそらした。

それから、増左衛門の斬撃が次々に繰りだされた。

増左衛門の剣はけれんみのない刀法のように思えたが、ときおり刀が光を帯び、目を撃つことがある。

目をつむりそうになる。

これがどうやら増左衛門の秘剣のようだ。

最初はときおりだったが、その回数が増えてきた。直之進が目をつむる回数もそれにつれて増えてきた。

増左衛門は頃合と見たか、大きな気合を発した。

稲妻が十も集まったような強烈な光が刀から放たれたかにおもえた。

直之進は目をつむりはしなかったが、あまりのまぶしさに顔をそむけた。増左衛門の姿が消え、気配もなくなった。刀も見えなくなった。

まずい。

直之進は刀を闇雲にあげようとした。

「死ねっ」

怒号がきこえた。

直之進は体を低くしざま、怒号のきこえたほうに刀を振りあげた。

手応えはほとんどなかった。

だが、畳にくずおれる重たい音がきこえた。

「しくじった」

悔しげな声の方向に、直之進は目を向けた。

血だまりのなかで、魚のように体を痙攣させている増左衛門がいた。

しまった、と直之進は思った。斬ってしまった。

いくつかの足音がきこえた。弓矢を放りだし、逃げてゆく四人の姿が見えた。

直之進は息をついた。

増左衛門は無念そうに直之進を見ている。

やがて瞳からすべての光が失われた。

勝てたのは、と直之進は思った。明らかに増左衛門が勝負を急いだからだ。弟の仇を討ちたくてたまらぬ気持ちが、死ねという、いらぬ声をださせたのだろう。


その後、富士太郎は牢をだされた。

礼をいいに、珠吉とともに直之進の長屋にやってきた。

直之進は二人を店にあげた。

「ありがとうございました。こうしてまた町方同心として働けるのも、直之進さんのおかげです」

「そうでもないさ。珠吉の働きが最も大きかったと思うよ」

直之進は珠吉を見た。

「傷のほうはどうだ」

「おかげさまで、だいぶよくなりました。こうして長いこと、歩けるようになりましたし」

「そうか、それはよかった」

直之進はうれしかった。

緒加屋増左衛門と戦った際、直之進が増左衛門からきいた言葉が、富士太郎が罠にはめられたという決め手となったのだ。増左衛門にひどい傷を負わされた珠吉の言も、富士太郎の放免に少なくない働きをしたようだ。

吟味役の同心で富士太郎の取り調べを担当した増元半三郎は、申しわけなかったと富士太郎に謝罪したそうだ。富士太郎は、気にしないでくださいと笑顔で返したという。

「ところで富士太郎さん、例のおりきという女、見つかったか」

「いえ、手は尽くしているのですが」

「そうか。気になるな」

「でも、直之進さんが緒加屋増左衛門を討った以上、子供も取り返したのではありませんか。きっと幸せに暮らしていますよ」

「だといいがな」

直之進は頭を下げた。

「すまぬ」

「どうしてそんな真似をされるのですか」

「緒加屋を殺してしまったからだ」

「それは仕方ないでしょう。真剣勝負なのですし」

「だが、もう少し俺が冷静になれば、やつをとらえることができたはずだ」

「でも、やつは秘剣をつかったのでしょう。やはり仕方ありませんよ」

富士太郎が、直之進の膝近くまで寄ってきた。吐息がかかる。

「大丈夫です。それがしがきっとすべての黒幕をとらえてご覧に入れますよ」

「期待している」

直之進はまじまじと富士太郎を見た。

富士太郎が潤んだ瞳で見つめ返してくる。今にも唇を吸ってきそうだ。

直之進は体を離した。

だが、俺も富士太郎さんを見習わなければならない。

直之進は視線をあげ、宙を凝視した。そこにまだ見ぬ黒幕の顔を思い描く。

きっととらえ、正体を白日のもとにさらしてやる。
待ってろ。

この作品は双葉文庫のために書き下ろされました。

双葉文庫

す-08-09

口入屋用心棒《くちいれやようじんぼう》

赤《あか》富士《ふじ》の空《そら》

2007年11月20日　第 1 刷発行
2023年10月　3日　第12刷発行

【著者】
鈴木英治《すずきえいじ》
©Eiji Suzuki 2007

【発行者】
箕浦克史

【発行所】
株式会社双葉社
〒162-8540 東京都新宿区東五軒町3番28号
［電話］03-5261-4818（営業部）　03-5261-4868（編集部）
www.futabasha.co.jp（双葉社の書籍・コミックが買えます）

【印刷所】
株式会社新藤慶昌堂

【製本所】
大和製本株式会社

【カバー印刷】
株式会社久栄社

【フォーマット・デザイン】
日下潤一

ISBN978-4-575-66304-4 C0193
Printed in Japan

藍川慶次郎　町触《まちぶ》れ同心公事宿始末
日照雨《そばえ》
長編時代小説〈書き下ろし〉
公事宿・鈴屋に持ち込まれる様々な「出入り物」。その背後に潜む悪を、町触れ同心の多門慎吾があぶりだす、人情捕物シリーズ第一弾。

秋山香乃　からくり文左　江戸夢奇談
風冴ゆる
長編時代小説〈書き下ろし〉
入れ歯職人の桜屋文左は、からくり師としても類まれな才能を持つ。その文左が、八百八町を震撼させる難事件に直面する。シリーズ第一弾。

秋山香乃　からくり文左　江戸夢奇談
黄昏に泣く
長編時代小説〈書き下ろし〉
文左の剣術の師にあたる徳兵衛が失踪した日の夕刻、文左と同じ町内に住む大工が、酷い姿で堀に浮かぶ。シリーズ第二弾。

芦川淳一　似づら絵師事件帖
喧嘩長屋のひなた侍
長編時代小説〈書き下ろし〉
駿河押川藩を出奔して江戸に出てきた桜木真之助は、定廻り同心に似顔絵を頼まれたことから事件に巻き込まれる。シリーズ第一弾。

芦川淳一　似づら絵師事件帖
蝮の十蔵百面相
長編時代小説〈書き下ろし〉
火事で記憶を失った女が持っていた一枚の童女の似づら絵。その絵に隠された恐るべき犯罪とは……。好評シリーズ第二弾。

井川香四郎　洗い屋十兵衛　江戸日和
逃がして候
長編時代小説〈書き下ろし〉
やむにやまれぬ事情を抱えたあなたの人生、洗い直します——素浪人、月丸十兵衛の人情闇裁き。書き下ろし連作時代小説シリーズ第一弾。

井川香四郎　洗い屋十兵衛　江戸日和
恋しのぶ
長編時代小説〈書き下ろし〉
辛い過去を消したい男と女にも、明日を生きる道は必ずある。我が子への想いを胸に秘めて島抜けした男の覚悟と哀切。シリーズ第二弾。

井川香四郎　**洗い屋十兵衛　江戸日和**
遠い陽炎
長編時代小説〈書き下ろし〉
今度ばかりは洗うわけにはいかない。番頭風の男は、十兵衛に大盗賊・雲切仁左衛門と名乗ったのだ……。好評シリーズ第三弾。

井川香四郎　**金四郎はぐれ行状記**
大川桜吹雪《おおかわさくらふぶき》
時代小説〈書き下ろし〉
日本橋堺町の一角にある芝居町をねぐらにする遊び人で、後年名奉行と謳われることになる遠山金四郎の若き日々を描くシリーズ第一弾。

井川香四郎　**金四郎はぐれ行状記**
仇《あた》の風
時代小説〈書き下ろし〉
薬種問屋の一人娘が拐かされた。身代金の受け渡しをかってでた金四郎だが、まんまと千両を奪われてしまう…。好評シリーズ第二弾。

池波正太郎
熊田十兵衛の仇討ち
時代小説短編集
熊田十兵衛は父を闇討ちした山口小助を追って仇討ちの旅に出たが、苦難の旅の末に……。表題作ほか十一編の珠玉の短編を収録。

池波正太郎
元禄一刀流
時代小説短編集〈初文庫化〉
相戦うことになった道場仲間、一学と孫太夫の運命を描く表題作など、文庫未収録作品七編を収録。細谷正充編。

稲葉稔　**影法師冥府葬り《めいふおく》**
父子雨情《おやこうじょう》
長編時代小説〈書き下ろし〉
父を暴漢に殺害された青年剣士・宇佐美平四郎は、師と仰ぐ平山行蔵とともに先手御用掛として、許せぬ悪を討つ役目を担うことに。

稲葉稔　**影法師冥府葬り《めいふおく》**
夕まぐれの月
長編時代小説〈書き下ろし〉
平四郎の妻あやめが殺害された。さらに、先手御用掛の職務に悩む平四郎に、兄弟子の菊池多一郎が突如刺客となって襲いかかる。

乾荘次郎　**谷中下忍党**　長編時代小説〈書き下ろし〉

江戸の谷中でひそかに生きる伊賀下忍・佐仲太が、父・服部半蔵の遺命を胸に母の仇討ちへと出立する。双葉文庫初登場作品。

岡田秀文　**本能寺六夜物語**　連作時代短編集

本能寺の変より三十年後に集められた、事件に深く関わる六人は何を知っていたのか!?　第21回小説推理新人賞受賞作家の受賞後第一作。

風野真知雄　若さま同心　徳川竜之介　**消えた十手**　長編時代小説〈書き下ろし〉

市井の人々に接し、磨いた剣の腕で悪を懲らしめたい……。田安徳川家の十一男・徳川竜之助が定町回り同心見習いへ。シリーズ第一弾。

勝目梓　**天保枕絵秘聞**　長編官能時代小説

天才枕絵師にして示現流の達人・淫楽斎が、モデルに使っていた女性を相次いで惨殺され、真相を追うことに。大江戸官能ハードボイルド。

佐伯泰英　居眠り磐音《いわね》　江戸双紙1　**陽炎《かげろう》ノ辻**　長編時代小説〈書き下ろし〉

直心影流の達人坂崎磐音が巻き込まれた、幕府を揺さぶる大事件！　颯爽と悪を斬る、著者渾身の痛快時代小説！　大好評シリーズ第一弾。

佐伯泰英　居眠り磐音《いわね》　江戸双紙2　**寒雷《かんらい》ノ坂**　長編時代小説〈書き下ろし〉

内藤新宿に待ち受けていた予期せぬ大騒動。深川六間堀で浪々の日々を送る好漢・坂崎磐音が振るう直心影流の太刀捌き！シリーズ第二弾。

佐伯泰英　居眠り磐音《いわね》　江戸双紙3　**花芒《はなすすき》ノ海**　長編時代小説〈書き下ろし〉

安永二年、初夏。磐音にもたらされた国許、豊後関前藩にたちこめる、よからぬ風聞。亡き友の想いを胸に巨悪との対決の時が迫る。シリーズ第三弾。

佐伯泰英

居眠り磐音《いわね》 江戸双紙4

雪華《せっか》ノ里

長編時代小説〈書き下ろし〉

許婚、奈緒を追って西海道を急ぐ直心影流の達人、坂崎磐音。その前に立ち塞がる異形の僧……。大好評痛快時代小説シリーズ第四弾。

佐伯泰英

居眠り磐音《いわね》 江戸双紙5

龍天《りゅうてん》ノ門

長編時代小説〈書き下ろし〉

相も変らぬ浪人暮らしの磐音だが、正月早々、江戸を震撼させた大事件に巻き込まれる。大好評痛快時代小説シリーズ第五弾。

佐伯泰英

居眠り磐音《いわね》 江戸双紙6

雨降《あふり》ノ山

長編時代小説〈書き下ろし〉

夏を彩る大川の川開きの当日、花火見物の納涼船の護衛を頼まれた磐音は、思わぬ女難に見舞われる。大好評痛快時代小説シリーズ第六弾。

佐伯泰英

居眠り磐音《いわね》 江戸双紙7

狐火《きつねび》ノ杜《もり》

長編時代小説〈書き下ろし〉

両替商・今津屋のはからいで紅葉狩りにでかけた磐音一行は、不埒な直参旗本衆に付け狙われる。大好評痛快時代小説シリーズ第七弾。

佐伯泰英

居眠り磐音《いわね》 江戸双紙8

朔風《さくふう》ノ岸

長編時代小説〈書き下ろし〉

南町奉行所年番方与力に請われて、磐音は江戸を騒がす大事件に関わることに。居眠り剣法が春風に舞う。大好評痛快時代小説シリーズ第八弾。

佐伯泰英

居眠り磐音《いわね》 江戸双紙9

遠霞《えんか》ノ峠

長編時代小説〈書き下ろし〉

奉公にでた幸吉に降りかかる災難。一方、豊後関前藩の物産を積んだ一番船が江戸に向かう。大好評痛快時代小説シリーズ第九弾。

佐伯泰英

居眠り磐音《いわね》 江戸双紙10

朝虹《あさにじ》ノ島

長編時代小説〈書き下ろし〉

炎暑が続く深川六間堀。楊弓場の朝次から、行方知れずの娘芸人を捜してくれと頼まれた坂崎磐音は……。大好評痛快時代小説シリーズ第十弾。

佐伯泰英

居眠り磐音《いわね》江戸双紙11

無月《むげつ》ノ橋

長編時代小説〈書き下ろし〉

秋の深川六間堀、愛刀包平の研ぎを頼んだことで思わぬ騒動に。穏やかな磐音の人柄に心が和む、大好評痛快時代小説シリーズ第十一弾。

佐伯泰英

居眠り磐音《いわね》江戸双紙12

探梅《たんばい》ノ家

長編時代小説〈書き下ろし〉

雪が舞う深川六間堀、金兵衛長屋の浪人坂崎磐音は御府内を騒がす押し込み探索に関わり……。大好評痛快時代小説シリーズ第十二弾。

佐伯泰英

居眠り磐音《いわね》江戸双紙13

残花《ざんか》ノ庭

長編時代小説〈書き下ろし〉

水温む江戸の春、日暮里界隈に横行する美人局騒ぎで、坂崎磐音は同心木下一郎太を手助けすることに。大好評痛快時代小説シリーズ第十三弾。

佐伯泰英

居眠り磐音《いわね》江戸双紙14

夏燕《なつつばめ》ノ道

長編時代小説〈書き下ろし〉

両替商今津屋の老分番頭由蔵らと日光社参に随行することになった磐音だが、出立を前に思わぬ事態が出来する。大好評シリーズ第十四弾。

佐伯泰英

居眠り磐音《いわね》江戸双紙15

驟雨《しゅうう》ノ町

長編時代小説〈書き下ろし〉

助力の礼にと招かれた今津屋吉右衛門らの案内役として下屋敷に向かった磐音は、父正睦より予期せぬことを明かされる。大好評シリーズ第十五弾。

佐伯泰英

居眠り磐音《いわね》江戸双紙16

螢火《ほたるび》ノ宿《しゅく》

長編時代小説〈書き下ろし〉

小田原脇本陣・小清水屋の長女お香奈と大塚左門が厄介事に巻き込まれる。一方、白鶴太夫にも思わぬ噂が……。大好評シリーズ第十六弾。

佐伯泰英

居眠り磐音《いわね》江戸双紙17

紅椿《べにつばき》ノ谷

長編時代小説〈書き下ろし〉

菊花薫る秋、両替商・今津屋吉右衛門とお佐紀の祝言に際し、花嫁行列の案内役を務めることになった磐音だが……。大好評シリーズ第十七弾。

佐伯泰英

居眠り磐音《いわね》　江戸双紙18

捨雛《すてびな》ノ川

長編時代小説
〈書き下ろし〉

坂崎磐音と品川柳次郎は南町奉行所定廻り同心・木下一郎太に請われ、賭場の手入れに関わることに……。大好評シリーズ第十八弾。

佐伯泰英

居眠り磐音《いわね》　江戸双紙19

梅雨《ばいう》ノ蝶

長編時代小説
〈書き下ろし〉

佐々木玲圓道場改築完成を間近に控えたある日、坂崎磐音と南町奉行所定廻り同心・木下一郎太は火事場に遭遇し……。大好評シリーズ第十九弾。

佐伯泰英

居眠り磐音《いわね》　江戸双紙20

野分《のわき》ノ灘《なだ》

長編時代小説
〈書き下ろし〉

墓参のため、おこんを同道して豊後関前への帰国を願う父正睦の書状が届く。一方、磐音を狙う新たな刺客が現れ……。大好評シリーズ第二十弾。

佐伯泰英

居眠り磐音《いわね》　江戸双紙21

鯖雲《さばぐも》ノ城

長編時代小説
〈書き下ろし〉

御用船の舳先に立つ磐音とおこんは、断崖に聳える白鶴城を望んでいた。折りしも、関前でよからぬ事が出来し……。大好評シリーズ第二十一弾。

佐伯泰英

居眠り磐音《いわね》　江戸双紙22

荒海《あらうみ》ノ津《つ》

長編時代小説
〈書き下ろし〉

豊後関前を発った坂崎磐音とおこんは、福岡藩の御用達商人、箱崎屋次郎平の招きに応えて筑前博多に辿り着く。大好評シリーズ第二十二弾。

佐伯泰英

居眠り磐音《いわね》　江戸双紙23

万両ノ雪

長編時代小説
〈書き下ろし〉

磐音とおこんが筑前より帰府の途次にいる頃、笹塚孫一は厄介な事態に直面していた。六年前捕縛した男が島抜けしたのだ。シリーズ第二十三弾。

坂岡真

照れ降れ長屋風聞帖

大江戸人情小太刀

長編時代小説
〈書き下ろし〉

江戸堀江町、通称「照れ降れ町」の長屋に住む浪人、浅間三左衛門。疾風一閃、富田流小太刀の妙技が人の情けを救う。シリーズ第一弾。

坂岡真

残情十日の菊

照れ降れ長屋風聞帖

長編時代小説〈書き下ろし〉

浅間三左衛門と同じ長屋に住む下駄職人の娘に舞い込んだ縁談の裏に、高利貸しの暗躍が。富田流小太刀で救う江戸模様。シリーズ第二弾。

坂岡真

遠雷雨燕《えんらいあまつばめ》

照れ降れ長屋風聞帖

長編時代小説〈書き下ろし〉

孝行者に奉行所から贈られる「青緡五貫文」。そのために遊女にされた女が心中を図る。裏には町役の企みが。好評シリーズ第三弾。

坂岡真

富《とみ》の突留札《つきどめふだ》

照れ降れ長屋風聞帖

長編時代小説〈書き下ろし〉

突留札の百五十両が、おまつ達に当たった。用心棒を頼まれた浅間三左衛門は、換金した帰り道で破落戸に襲われる。好評シリーズ第四弾。

坂岡真

あやめ河岸

照れ降れ長屋風聞帖

長編時代小説〈書き下ろし〉

浅間三左衛門の投句仲間で定廻り同心に戻った八尾半四郎が、花魁・小紫にからんだ魚問屋の死の真相を探る。好評シリーズ第五弾。

坂岡真

子授け銀杏《いちょう》

照れ降れ長屋風聞帖

長編時代小説〈書き下ろし〉

境内で腹薬を売る浪人、田川頼母の死体が川に浮いた。事件の背景を探る浅間三左衛門の怒りが爆発する。好評シリーズ第六弾。

坂岡真

仇《あ》だ桜

照れ降れ長屋風聞帖

長編時代小説〈書き下ろし〉

幕府の役人が三人斬殺されたが、浅間三左衛門には犯人の心当たりがあった。三左衛門の過去の縁に桜花が降りそそぐ。好評シリーズ第七弾。

坂岡真

濁り鮒《ぶな》

照れ降れ長屋風聞帖

長編時代小説〈書き下ろし〉

出産を控えたおまつに頼まれ、三左衛門は大店に嫁いだ汁粉屋の娘おきちの悩み事を解消するために動き出す。好評シリーズ第八弾。

翔田寛
影踏み鬼
短編時代小説集
第22回小説推理新人賞受賞作家の力作。若き戯作者が耳にした誘拐劇の恐るべき顛末とは？表題作ほか、人間の業を描く全五編を収録。

鈴木英治
口入屋用心棒
逃げ水の坂
長編時代小説〈書き下ろし〉
仔細あって木刀しか遣わない浪人、湯瀬直之進は、江戸小日向の口入屋・米田屋光右衛門の用心棒として雇われる。好評シリーズ第一弾。

鈴木英治
口入屋用心棒
匂い袋の宵
長編時代小説〈書き下ろし〉
湯瀬直之進が口入屋の米田屋光右衛門から請けた仕事は、元旗本の将棋の相手をすることだったが……。好評シリーズ第二弾。

鈴木英治
口入屋用心棒
鹿威《ししおど》しの夢
長編時代小説〈書き下ろし〉
探し当てた妻千勢から出奔の理由を知らされた直之進は、事件の鍵を握る殺し屋、倉田佐之助の行方を追うが……。好評シリーズ第三弾。

鈴木英治
口入屋用心棒
夕焼けの甍《いらか》
長編時代小説〈書き下ろし〉
佐之助の行方を追う直之進は、事件の背景にある藩内の勢力争いの真相を探る。折りしも沼里城主が危篤に陥り……。好評シリーズ第四弾。

鈴木英治
口入屋用心棒
春風《はるかぜ》の太刀
長編時代小説〈書き下ろし〉
深手を負った直之進の傷もようやく癒えはじめた折りも折り、米田屋の長女おあきの亭主甚八が事件に巻き込まれる。好評シリーズ第五弾。

鈴木英治
口入屋用心棒
仇討ちの朝
長編時代小説〈書き下ろし〉
倅の祥吉を連れておあきが実家の米田屋に戻った。そんな最中、千勢が勤める料亭・料永に不吉な影が忍び寄る。好評シリーズ第六弾。

鈴木英治
口入屋用心棒
野良犬の夏
長編時代小説〈書き下ろし〉
湯瀬直之進は米の安売りの黒幕・島丘伸之丞を追う的場屋登兵衛の用心棒として、田端の別邸に泊まり込むが……。好評シリーズ第七弾。

鈴木英治
口入屋用心棒
手向けの花
長編時代小説〈書き下ろし〉
殺し屋・土崎周蔵の手にかかり斬殺された中西道場一門の無念をはらすため、湯瀬直之進は復讐を誓う……。好評シリーズ第八弾。

高橋三千綱
右京之介助太刀始末
お江戸は爽快
晴朗長編時代小説
颯爽たる容姿に青空の如き笑顔。何処からともなく現れた若侍が、思わぬ奇策で悪を懲らしめる。痛快無比の傑作時代活劇見参!!

高橋三千綱
右京之介助太刀始末
お江戸の若様
晴朗長編時代小説
五年ぶりに江戸に戻った右京之介、放浪先での事件が発端で越前北浜藩の抜け荷に絡む事件に巻き込まれる。飄々とした若様の奇策とは?!

高橋三千綱
右京之介助太刀始末
お江戸の用心棒（上）
長編時代小説〈文庫オリジナル〉
右京之介に国元からやってくる鈴姫の警護を頼もうとしていた柏原藩江戸留守居役の福田孫兵衛だが、なぜか若様の片棒を担ぐ羽目に。

高橋三千綱
右京之介助太刀始末
お江戸の用心棒（下）
長編時代小説〈文庫オリジナル〉
弥太が連れてきた口入れ屋井筒屋から、女辻占い師の用心棒をしてほしいと頼まれた右京之介は、その依頼の裏に不穏な動きを察知する。

千野隆司
主税助《ちからのすけ》捕物暦
夜叉追い
長編時代小説〈書き下ろし〉
江戸市中に難事件が勃発した。鏡心明智流免許皆伝の定町廻り同心・主税助が探索に奔る。端正にして芳醇な新捕物帳！　シリーズ第一弾。

千野隆司
主税助《ちからのすけ》捕物暦
天狗斬り
長編時代小説
〈書き下ろし〉
島送りの罪人を乗せた唐丸駕籠が何者かに襲われ、捕縛に向かった主税助の前に本所の大天狗と怖れられる浪人の姿が……。シリーズ第二弾。

千野隆司
主税助《ちからのすけ》捕物暦
麒麟《きりん》越え
長編時代小説
〈書き下ろし〉
「大身旗本の姫を知行地まで護衛せよ」が奉行から命じられた別御用だった。攫われた姫を追って敵の本拠地・麒麟谷へ！シリーズ第三弾。

千野隆司
主税助《ちからのすけ》捕物暦
虎狼《ころう》舞い
長編時代小説
〈書き下ろし〉
火事騒ぎに紛れて非道を働いた悪党を討ち伏せたのは、甘味処の主人宇吉だった。果たして、その正体は……。好評シリーズ第四弾。

築山桂
銀杏《いちょう》屋敷捕物控
初雪の日
長編時代小説
〈書き下ろし〉
銀杏屋敷と呼ばれる旗本屋敷の庭で人の手首が見つかった。奉公人のお鶴は事件に興味を持ち、探索に関わることに……。シリーズ第一弾。

築山桂
銀杏《いちょう》屋敷捕物控
葉陰の花
長編時代小説
〈書き下ろし〉
二十年前に市中を騒がせた盗賊「疾風の多門」一味が再び江戸に現れた。銀杏屋敷の姉妹にはこの一味との因縁が……。シリーズ第二弾。

築山桂
銀杏《いちょう》屋敷捕物控
まぼろしの姫
長編時代小説
〈書き下ろし〉
銀杏屋敷に住む志希に縁談が持ち上がった。相手は京の身分ある公家。銀杏屋敷の住人たちは喜びよりも淋しさと不安が。シリーズ第三弾。

鳥羽亮
華町源九郎江戸暦
はぐれ長屋の用心棒
長編時代小説
〈書き下ろし〉
気佋な長屋暮らしに降ってわいた五千石のお家騒動。鏡新明智流の遣い手ながら、老いを感じ始めた中年武士の矜持を描く。シリーズ第一弾。

鳥羽亮
はぐれ長屋の用心棒
袖返し
長編時代小説〈書き下ろし〉
料理茶屋に遊んだ旗本が、若い女に起請文と艶書を掏られた。真相解明に乗り出した華町源九郎が闇に潜む敵を暴く!! シリーズ第二弾。

鳥羽亮
はぐれ長屋の用心棒
紋太夫の恋
長編時代小説〈書き下ろし〉
田宮流居合の達人、菅井紋太夫を訪ねてきた子連れの女。三人の凶漢の魔手から母子を守るため、人情長屋の住人が大活躍。シリーズ第三弾。

鳥羽亮
はぐれ長屋の用心棒
子盗《こと》ろ
長編時代小説〈書き下ろし〉
長屋の四つになる男の子が忽然と消えた。江戸では幼い子供達がいなくなる事件が続発。神隠しか、かどわかしか? シリーズ第四弾。

鳥羽亮
はぐれ長屋の用心棒
深川袖しぐれ
長編時代小説〈書き下ろし〉
幼馴染みの女がならず者に連れ去られた。下手人糾明に乗り出した源九郎たちの前に立ちはだかる、闇社会を牛耳る大悪党。シリーズ第五弾。

鳥羽亮
はぐれ長屋の用心棒
迷い鶴
長編時代小説〈書き下ろし〉
源九郎は武士にかどわかされかけた娘を助けた。過去の記憶も名前も思い出せない娘を襲う玄宗流の凶刃! シリーズ第六弾。

鳥羽亮
はぐれ長屋の用心棒
黒衣の刺客
長編時代小説〈書き下ろし〉
源九郎が密かに思いを寄せているお吟に、妾にならないかと迫る男が現れた。そんな折、長屋に住む大工の房吉が殺される。シリーズ第七弾。

鳥羽亮
はぐれ長屋の用心棒
湯宿《ゆやど》の賊
長編時代小説〈書き下ろし〉
盗賊にさらわれた娘を救って欲しいと船宿の主が華町源九郎を訪ねてきた。箱根に向かった源九郎一行を襲う謎の刺客。好評シリーズ第八弾。

鳥羽亮
はぐれ長屋の用心棒
父子凧《おやこだこ》
長編時代小説〈書き下ろし〉
俊之助に栄進話が持ち上がり、喜びに包まれる華町家。そんな矢先、俊之助と上司の御納戸役が何者かに襲われる。好評シリーズ第九弾。

鳥羽亮
はぐれ長屋の用心棒
孫六の宝
長編時代小説〈書き下ろし〉
長い間子供の出来なかった娘のおみよが妊娠した。驚喜する孫六だが、おみよの亭主・又八が辻斬りに襲われる。好評シリーズ第十弾。

鳥羽亮
子連れ侍平十郎
上意討ち始末
長編時代小説
陸奥にある萩野藩を二分する政争に巻き込まれた、下級武士・長岡平十郎の悲哀と反骨をリリカルに描いた、シリーズ第一弾！

鳥羽亮
子連れ侍平十郎
江戸の風花
長編時代小説
上意を帯びた討手を差し向けられた長岡平十郎。下級武士の意地を通すため脱藩し、江戸に向かった父娘だが。シリーズ第二弾！

鳥羽亮
剣狼秋山要助
秘剣風哭
連作時代小説〈文庫オリジナル〉
上州、武州の剣客や博徒から鬼秋山、喧嘩秋山と恐れられた男の、孤剣に賭けた凄絶な人生を描く、これぞ「鳥羽時代小説」の原点。

花家圭太郎
無用庵日乗《にちじょう》
上野不忍無縁坂《うえのしのばず》
長編時代小説〈書き下ろし〉
魚問屋の隠居・雁金屋治兵衛は、馬庭念流の遣い手・田代十兵衛と意気投合し、隠宅である無用庵に向かう。シリーズ第一弾。

花家圭太郎
無用庵日乗《にちじょう》
乱菊慕情
長編時代小説〈書き下ろし〉
湯治からの帰り道、雁金屋治兵衛は草相撲で五人抜きに挑戦する若者と出会い、江戸相撲に入門させようと連れ帰るが。シリーズ第二弾。

花家圭太郎
無用庵日乗《にちじょう》
大川しぐれ
長編時代小説〈書き下ろし〉
裏稼業の元締・雁金屋治兵衛が釣りを通して知り合った凄腕の師範代。裏の依頼の標的は、なんとその師範代だった。シリーズ第三弾。

藤井邦夫
知らぬが半兵衛手控帖
姿見橋
長編時代小説〈書き下ろし〉
「世の中には知らん顔をした方が良いことがある」と嘯く、北町奉行所臨時廻り同心白縫半兵衛が見せる人情裁き。シリーズ第一弾。

藤井邦夫
知らぬが半兵衛手控帖
投げ文《なぶみ》
長編時代小説〈書き下ろし〉
かどわかされた呉服商の行方を追ううちに浮かび上がる身内の思惑。北町奉行所臨時廻り同心白縫半兵衛が見せる人情裁き。シリーズ第二弾。

藤井邦夫
知らぬが半兵衛手控帖
半化粧《はんげしょう》
長編時代小説〈書き下ろし〉
鎌倉河岸で大工の留吉を殺したのは、手練れの辻斬りと思われた。探索を命じられた半兵衛の前に女が現れる。好評シリーズ第三弾。

藤井邦夫
知らぬが半兵衛手控帖
辻斬り
長編時代小説〈書き下ろし〉
神田三河町で金貸しの夫婦が殺され、自供をもとに取り立て屋のおときが捕縛されたが、不審なものを感じた半兵衛は……。シリーズ第四弾。

藤井邦夫
知らぬが半兵衛手控帖
乱れ華《ばな》
長編時代小説〈書き下ろし〉
凶賊・土蜘蛛の儀平に裏をかかれた北町奉行所臨時廻り同心・白縫半兵衛は内通者がいると睨んで一か八かの賭けに出る。シリーズ第五弾。

藤原緋沙子
藍染袴《あいぞめばかま》お匙帖
風光る
時代小説〈書き下ろし〉
医学館の教授方であった父の遺志を継いで治療院を開いた千鶴が、御家人の菊池求馬とともに難事件を解決する。好評シリーズ第一弾！

松本賢吾
八丁堀の狐
女郎蜘蛛
長編時代小説〈書き下ろし〉
女犯坊主が、鎧通を突き立てられて殺された。北町奉行所与力・狐崎十蔵、人呼んで「八丁堀の狐」が、許せぬ悪を裁く。シリーズ第一弾！

松本賢吾
八丁堀の狐
鬼　火
長編時代小説〈書き下ろし〉
隠し番屋の仲間・猪吉に殺しの嫌疑がかけられ、夜鷹蕎麦屋の七蔵は「贋狐」に襲われる。背後には鼈甲細工をめぐる悪徳商人の動きが。

村咲数馬
くしゃみ藤次郎始末記
稲妻剣
長編時代小説〈書き下ろし〉
妻と義母の仇を討つために同心を辞め、四歳の愛娘と長屋暮らしを始めた榊藤次郎。絵師の花川梅楽と知り合い用心棒稼業を始める。

村咲数馬
くしゃみ藤次郎始末記
菊の雫《しずく》
長編時代小説〈書き下ろし〉
北町奉行から蜜命を受けた榊藤次郎を襲う刺客の群れ。さらに、四歳の愛娘まで拐わかされた藤次郎はついに……。シリーズ第二弾。

吉田雄亮
仙石隼人探察行
繚乱《りょうらん》断ち
長編時代小説〈書き下ろし〉
役目の途上消息を絶った父・武兵衛に代わり、側目付・隼人が将軍吉宗からうけた命は尾張徳川家謀反の探索だった。

吉田雄亮
聞《き》き耳《みみ》幻八《げんぱち》浮世鏡《うきよかがみ》
黄金小町《こがねこまち》
長編時代小説〈書き下ろし〉
御家人の倅、朝比奈幻八は、聞き耳幻八と異名をとる読売の文言書き。大川端に浮かんだ女の死体の謎を探るが……。シリーズ第一弾。

吉田雄亮
聞《き》き耳《みみ》幻八《げんぱち》浮世鏡《うきよかがみ》
傾城番附《けいせいばんづけ》
長編時代小説〈書き下ろし〉
江戸の別嬪番附を出すことになった幻八と玉泉堂の仲蔵は、女の品定めをした帰り道、血塗れの武士を助けたのだが……。シリーズ第二弾。

六道慧　深川日向《ひなた》ごよみ　凍《い》て蝶
長編時代小説〈書き下ろし〉
故あって国許を離れ、長屋暮らしの時津日向子、大助母子。日向子は骨董屋〈天秤堂〉の裏の仕事を手伝い糊口を凌いでいた。シリーズ第一弾。

六道慧　深川日向《ひなた》ごよみ　催花雨《さいかう》
長編時代小説〈書き下ろし〉
時津日向子のもとに、夜毎夢に現れる娘を探してほしいとの依頼が舞い込む。日読み屋の面々が早速調べるが。シリーズ第二弾。

和久田正明　火賊捕盗同心捕者帳《ひぞくほとうどうしんとりものちょう》　あかね傘
時代小説〈書き下ろし〉
刀剣・骨董専門の盗人〈赤目の権兵衛〉探索に乗り出した、若き火盗改め同心・新免又七郎の活躍を描く、好評シリーズ第一弾！

和久田正明　火賊捕盗同心捕者帳《ひぞくほとうどうしんとりものちょう》　海《うみ》鳴《なり》
時代小説〈書き下ろし〉
盗賊・いかずちお仙を、いま一歩のところで取り逃がした火盗改め同心・新免又七郎の必死の探索を描く好評シリーズ第二弾！

和久田正明　火賊捕盗同心捕者帳《ひぞくほとうどうしんとりものちょう》　こぼれ紅
時代小説〈書き下ろし〉
凶賊・蛭子の万蔵を取り逃がしてしまうが、近くに住む紅師の女に目をつけた新免又七郎は、小商人に姿を変え近づく。シリーズ第三弾。

和久田正明　鎧月之介殺法帖《よろいつきのすけさっぽうちょう》　飛《とび》燕《つばめ》
時代小説〈書き下ろし〉
藩命を受け公儀隠密を討ち果たした小暮月之介だったが、後顧の憂いをおそれた藩重役らによって月之介に追っ手が……。シリーズ第一弾。

和久田正明　鎧月之介殺法帖《よろいつきのすけさっぽうちょう》　魔《ま》笛《てき》
時代小説〈書き下ろし〉
再び盗人稼業に手を染めた島帰りの竜蔵。その前に現れた岡っ引きは別れた娘だった。月之介の修羅の剣が静寂を斬り裂く。シリーズ第二弾。